옮긴이 정지현

스무 살 때 두툼한 신디사이저 사용설명서를 번역한 것을 계기로 번역의 매력과 재미에 빠졌다. 대학 졸업 후 출판번역 에이전시 베네트랜스 전속 번역가로 활동 중이며 현재 미국에 거주하면서 책을 번역한다. 옮긴 책으로는 『최고의 작가는 어떻게 글을 쓰는가』『노인과 바다-내 인생을 위한 세계문학 8』『마크 트웨인과 마시는 한 잔의 커피』 등이 있다.

감수 김욱동

서강대학교 인문대학 명예교수. 한국외국어대학교 영문과 및 동 대학원을 졸업한 뒤 미국 미시시피대학교에서 영문학 석사학위를, 뉴욕주립대학교에서 영문학 박사학위를 받았다. 포스트모더니즘을 비롯한 서유럽 이론을 국내 학계와 문단에 소개하는 한편, 이러한 방법론을 바탕으로 한국문학과 문화 현상을 새롭게 해석하여 주목을 받았다. 문학평론집으로는 『시인은 숲을 지킨다』, 『문학을 위한 변명』, 『문학의 위기』가 있고 역서로는 『노인과 바다』, 『무기여 잘 있거라』, 『누구를 위하여 종은 울리나』 등이 있다.

미숙한 날들을 통과한 (혹은 통과하고 있는)

_____님에게

A Moveable Feast

Ernest Miller Hemingway

일러두기

1. 이 책은 1964년 출간된 『A Moveable Feast』로 만들었다.
2. 단행본 『 』, 단편 소설, 에세이, 논문 「 」, 정기간행물 및 잡지는 《 》, 그외 영화, 노래, 기사는
   〈 〉로 표시했다.

Essai

서툰 시절

어니스트 헤밍웨이 지음
정지현 옮김

arte

운이 좋아 젊을 때 파리에서 산 경험이 있다면
평생 어디를 가더라도 파리가 함께 할 거야. 파리는 움직이는 축제니까.

어니스트 헤밍웨이, 1950년 친구에게 보낸 편지에서

추천의 글

토끼 발과 카페오레

전승민 (문학평론가)

　　카뮈보다 헤밍웨이의 카페오레가 먼저였다. 어머니의 장례식에
서 담배를 피우고 카페오레를 마셨으나 눈물을 한 방울도 흘리지
않았다는 이유로 사형을 언도 받은 남자의 이야기는 1940년대에,
카페로 걸어들어 온 젊은 여자의 아름다움에 매혹되어 깨어난 감
각을 노트에 휘갈기는 남자의 이야기는 1920년대에 씌어졌다. 두
사람의 공통점은 누구보다 자신의 감각과 신념을 중요하게 여겼
다는 것이다. 세계의 움직임은 곧 그들 안의 중심이 움직인다는 뜻
과 같다.

　　벤치 위의 모자걸이에 낡은 중절모도 걸어 놓고, 카페오레를
주문했다. 웨이터가 커피를 가져왔다. 나는 코트 주머니에서
공책과 연필을 꺼내 글을 쓰기 시작했다. [……] 당신이 누구

를 기다리든, 다시는 볼 수 없다 해도 당신은 내 것입니다. 당신도, 파리의 모든 것도 다 내 것이고, 나는 이 노트와 연필의 것입니다. (「생 미셸 광장의 좋은 카페」 36쪽)

카페오레는 카페라떼와 다르다. 카페라떼는 뜨거운 우유에 에스프레소샷을 2:1의 비율로 넣어 만드는 반면, 카페오레는 우유와 커피를 1:1의 비율로, 그리고 에스프레소뿐만 아니라 진하게 내린 드립 커피를 사용해도 괜찮다. 둘의 차이를 아는 어떤 이는 조금 더 특별한 세계에 산다. 그는 세속의 부드러움을 알고 즐길 줄도 알았지만 그것이 생의 쓸쓸함을 초과하지 않는 세계를 살았다. 세상의 진실은 쓰다. 그래서 정확하다. 그는 얼음처럼 투명하고 명확한 문장에 진실이 담긴다고 믿었다. 그리고 실제로 그는 그런 말만을 종이 위로 옮겨 두었다. 세상의 혼돈을 누구보다 온몸으로 겪어내며 그것을 단출한 형태의 문장들로 걷어내는 자는 활자의 보이지 않는 심층에 인간 실존의 심연을 숨겼다. 헤밍웨이는 리얼한 모더니스트다.

파리를 사랑했던 미국인들은 많지만 동시대 예술가들에 대한 신랄한 비판을 화려한 폭죽처럼 터뜨리는 거트루드 스타인과 헤밍웨이의 대화를 보고 있노라면 세상에서 가장 중요하고 아름다운 것은 오직 글쓰기와 예술뿐이라고 굳게 믿게 된다. ("헉슬리는 산송장이야. 산송장이 쓴 글을 뭐하러 읽어? 자네 눈엔 그자가 산송장인 게 안 보여?" 55쪽) 헤밍웨이의 내면이 움직이는 궤적을 따라 파리를 거니는 우리는 이 지구에서 단 한 번도 서로를 미워하는 일이나 파괴하는 짓 따위는 일어난 적 없다는 낭만 속에 잠시 몰두하게 되기도 한다. 물론, 그의 간결한 문장들이 그러한 것처럼 화려한 축제처럼 보이는 일상 아래에는 글쓰기의 치열한 고뇌와 시대에 관한 냉정한 통찰이 자리한다. ("문득 이런 생각이 들었다. 모든 세대는 무언가에 의해 길을 잃은 세대가 되었다고. 지금까지 늘 그랬고 앞으로도 그럴 것이다." 61쪽) 이처럼 우리가 사랑하는 작가의 내면이 실시간으로 움직이는 장면과 셰익스피어 앤드 컴퍼니 서점에서 투르게네프와 로렌스의 책을 집어드는 그의 손을 목격하는 것은 특별한 감동이다.

헤밍웨이의 파리가 자아내는 노스탤지어는 우리가 과거를 향해 자주 품게 되는 그것과는 다르다. 그의 파리가 선사하는 축제는 언제나 동시대적이다. 그가 늘 노트와 연필을 지참하고 주머니에 부적처럼 토끼 발을 넣어두고 (『행운의 부적과 방해꾼』) 여행하듯 살아내는 파리의 매일은 화이트 와인을 곁들인 멕시코 요리가 차려진 테이블 앞에 앉은 두 명의 외국인처럼 이국적이기 그지없고, 백여 년 전의 시공간은 너무나 현재적인 순간들로 우리에게 도래한다. 이 책과 짝패인 우디 앨런의 영화 〈미드나잇 인 파리〉가 중요하게 제시하는 바도 그와 같다. 모든 과거는 세계의 가장 좋은 시절Belle Époque이다, 그러니 곧 명예로운 과거가 될 지금 이 순간에 몸을 흠뻑 담가라.

1933년에 쓰인 단편소설 「깨끗하고 불빛 환한 곳A Clean, Well-Lighted Place」에 나오는 늙은 웨이터는 이렇게 말한다. "나는 카페에 밤늦게까지 머물기를 좋아하는 사람들 편이야. 잠들기를 바라지 않는 사람들, 밤에는 불이 켜져 있어야 하는 사람들 편이라고." 커피를 주문하며 "식물뿐 아니라 사람에게도 옮겨심기가 필요하다"(32쪽)고 말하는 한 명의 소설가이자 종군기자, 시대의 탐험가에게 동의할 수 있다면 이 책이 당신의 밤을 내내 밝혀줄 빛이 되어주리라 장담한다. 무질서와 반지성이 난동을 피우며 생의 조건을 약탈하는 난폭한 시대를 사는 우리는 아주심기를 욕망하지만 지금이야말로 헤밍웨이의 옮겨심기가 절실한 때다. 방황을 강요하는 시대의 손아귀에서 탈출할 유일한 길은 스스로 방랑하며 세계를 이동시키는 전복이다.

자, 이제 당신 앞에 놓인 카페오레를 들어라. 토끼 발을 주머니에 넣은 두꺼운 손의 마초와 함께 오늘을 방랑해보자. 과거가 아닌 오늘의 지금 이 순간을 말이다. 헤밍웨이가 우리에게 보여주었던 것처럼, 그와 함께 움직이는 당신은 세계의 좌표를 바꿀 것이다.

위대한 작가의 불완전한 시절

김욱동 (서강대학교 명예교수, 문학평론가)

노벨문학상을 수상한 어니스트 헤밍웨이의 이 책을 지금 읽어야 하는 필연적인 이유는 무엇일까. 그것은 바로 위대한 작가의 성장 과정을 가장 가까이서 직접 확인할 수 있다는 점이다. 예술가가 되고 싶든 글을 잘 쓰고 싶든 사회를 날카롭게 비판하고 싶든 역량을 기르기 위해서는 누구에게나 배경이 필요한 법이다. 헤밍웨이에게 파리는 자양분이었다. 그가 이룬 업적의 모든 것이 파리에서 나왔다고 할 수는 없지만, 반대로 모든 것이 파리에서 나왔다고도 할 수 있다. 그러므로 헤밍웨이의 아주 사소한 진면모까지 모두 알고 싶다면 그의 열렬한 추종자로서 파리의 생활을 꼭 알아둘 필요가 있다.

허먼 멜빌에게 드넓은 바다가 교육의 장이었다면 어니스트 헤밍웨이에게는 이탈리아 전쟁터와 예술의 도시 파리가 그 구실을 맡았다. 헤밍웨이는 비록 길다고는 할 수 없어도 삶과 죽음이 교차하는 전쟁터에서 많은 것을 배웠다. 그는 작가에게 전쟁만큼 좋은 경험은 없다고 말했다. 1차 세계대전이 끝나자 헤밍웨이는 이번에는 파리에 6년 동안 머물면서 본격적으로 문학가로서의 길을 걸었다.

시카고 근교에서 해들리 리처드슨과 결혼한 직후 헤밍웨이는 아내를 데리고 이탈리아에 갈 계획을 세우고 있었다. 이 소식을 들은 셔우드 앤더슨은 그에게 파리야말로 아방가르드 문학과 예술의 메카라고 하면서 파리로 갈 것을 종용했다. 그러면서 앤더슨은 당시 파리에서 미국 작가와 예술가들에게 대모 역할을 하던 거트루드 스타인에게 소개장을 써 주었다. 이보다 조금 앞서 앤더슨은 당시 파리에 머물고 있던 에즈러 파운드에게도 편지를 보내 헤밍웨이의 문학적 재능을 칭찬하며 그가 작가로 성공할 수 있도록 도와줄 것을 부탁했다.

1차 세계대전이 휴전에 들어가자 파리에는 미국과 영국은 말할 것도 없고 세계 여러 나라에서 문학과 예술에 뜻을 둔 국외 이주자들이 불을 좇는 부나비처럼 몰려들었다. 예술가들이 이렇게 파리로 몰려든 데는 파리가 유럽에서 예술의 중심지 역할을 했기 때문이기도 했지만 또다른 이유가 있었다. 전쟁 이후 프랑스 화폐가 평가 절하되는 반면, 달러화는 평가 절상됐기 때문에 아직 경제 사정이 녹록하지 않은 젊은 작가 지망생들이 파리에서 생활하기에는 그야말로 안성맞춤이었다.

당시 파리에 이주한 미국 작가 중에는 셔우드 앤더슨을 비롯하여 에즈라 파운드, 거트루드 스타인, 제임스 조이스, T. S. 엘리엇, F. 스콧 피츠제럴드, 윌리엄 포크너, 존 도스 패서스 등이 있었다. 그밖에도 윌리엄 버드, 맥스 이스트먼, 링컨 스티븐스, 맥스 비어봄, 윈드햄 루이스, 찰스 스위니, 헨리 스트레이터, 로버트 맥애먼, 에드워드 오브라언, 포드 매덕스 포드, 진 리스, 해럴드 롭, 아치볼드 맥클리시, 어니스트 월시, 제럴드 머피 등 하나하나 꼽을 수 없을 정도로 아주 많았다. 스타인은 헤밍웨이를 비롯한 젊은 작가들을 '길 잃은 세대lost generation'라고 불렀다. 인류 역사에서 그 유례를 볼 수 없는 세계대전을 겪은 그들은 서구 문명의 모든 가치에 회의를 느끼고 새로운 가치를 모색하고 있었다.

헤밍웨이 부부가 뉴욕항을 출발하여 파리에 도착한 것은 1921년 12월이었다. 곧바로 그들은 파리의 센강 좌안에서도 가장 오래된 지역에 싸구려 아파트를 얻었다. 건물 아래층은 목공소였고, 헤밍웨이 부부는 방이 두 개 딸린 이층 아파트를 썼다. 시끄럽고 비좁은 아파트에서 글을 쓸 수 없자 헤밍웨이는 근처 조그마한 호텔 방을 하나 얻어 작업했다. "굶주림은 좋은 훈련이다."라는 그의 말에서도 볼 수 있듯이 당시 생활은 궁핍했어도 그의 예술혼은 찬연하게 불탔다.

헤밍웨이에게 파리 생활은 작가로 성장하는 데 무척 소중한 경험이었다. 1950년 그는 자신의 전기를 쓴 A. E. 호치너에게 "운이 좋아 젊을 때 파리에서 산 경험이 있다면 평생 어디를 가더라도 파리가 함께 할 거야. 파리는 움직이는 축제이니까."라고 말했다. 헤밍웨이의 사후에 파리 생활에 관한 글을 한데 모아 회고록을 출간할 때 '움직이는 축제A Moveable Feast'를 이 책의 제목으로 삼았다.

당시 파리에 거주하던 국외 이주 예술가들 중에서도 헤밍웨이만큼 성실한 작가도 드물었다. 파리에 도착할 때부터 단순히 작가가 되려는 꿈에 그치지 않고 "미국에서 가장 훌륭한 산문 작가"가 되려는 원대한 꿈을 품었다. 그래서 그는 남들이 잠들어 있는 새벽에 일어나 작품을 썼다.

파리에 머무는 동안 헤밍웨이는 여러 예술가들을 만나 교류하면서 직간접으로 문학 수업을 받았다. 후안 미로와 파블로 피카소 같은 화가 외에 에즈라 파운드, 거트루드 스타인, 제임스 조이스 같은 이미 문학가로 인정받은 쟁쟁한 작가들을 만나 교류하면서 영향을 받았다. 당시 헤밍웨이가 가장 영향을 받은 작가라면 역시 파운드, 조이스, 피츠제럴드 세 사람을 빼놓을 수 없다. 헤밍웨이가 파운드를 처음 만났을 때 파운드는 엘리엇의 『황무지』의 편집을 막 마친 뒤였고, 조이스가 『율리시스』를 출간하는 데 결정적인 역할을 맡은 직후였다. 파운드는 헤밍웨이가 문학가로 성공하는 데도 적잖이 도움을 주었다. 그중에서도 정확하고 응축된 이미지를 구사하는 기법은 특히 눈여겨볼 만하다. 파운드에 대하여 헤밍웨이는 "한 가지 사물을 표현하는 가장 적확한 낱말은 하나밖에 없다고 믿는 사람, 내게 형용사를 불신하도록 가르쳐 준 사람"이었다고 털어놓았다. 파운드의 충고대로 헤밍웨이는 작품을 쓸 때 될 수 있는 대로 형용사를 사용하지 않으려 애썼다. 헤밍웨이는 "산문은 실내장식이 아니라 건축이다. 그리고 바로크 건축은 이미 지나갔다."라는 미학적 명제를 제시했다.

이미 『율리시스』를 출간하여 모더니즘 문학의 대부로 인정받던 조이스는 헤밍웨이의 작품 원고를 읽어 주었고, 헤밍웨이는 선배 작가의 작품을 읽고 연구하며 그 기법을 배웠다. 특히 헤밍웨이는 단편소설을 한데 모아놓은 작품집도 아니고 그렇다고 엄밀한 의미에서 장편소설도 아닌 『더블린 사람들』에서 새로운 소설 장르를 발견했다. 헤밍웨이의 『우리들의 시대에』는 조이스의 작품에서 영향을 받았다. 또한 헤밍웨이는 조이스한테서 작품에서 군더더기를 제거하고 오직 필수적인 요소만을 다루고 의미를 직접 진술하기보다는 암시적으로 표현하도록 가르쳤다. 그렇다면 헤밍웨이 문체에서 중요한 위치를 차지하는 빙산 이론은 파운드 못지않게 조이스한테서도 영향받은 바가 크다.

한편 피츠제럴드는 『태양은 다시 떠오른다』의 원고를 읽으며 여러모로 제안해 주었을 뿐 아니라 뉴욕의 유수 출판사 찰스 스크리브너스의 편집자 맥스웰 퍼킨스에게 당시 무명작가와 다를 바 없는 헤밍웨이를 소개해 주었다. 헤밍웨이와 퍼킨스의 만남은 현대 미국문학사에서 획기적 사건으로 평가받는다. 만약 헤밍웨이가 퍼킨스를 만나지 않았더라면 그는 지금 같은 명성을 누리지 못했을 것이다.

위대한 작가의 사소한 일상까지 모두 엿볼 수 있다는 것은 참으로 행운이라고 할 수 있다. 그들이 드나든 카페와 광장, 거리 그리고 서점. 일상에서 만난 친구와 문인들. 생생히 전달되는 대화와 당대의 예술들. 이것은 한편의 생생한 흑백 영화를 눈앞에서 마주하는 것과 같다. 헤밍웨이를 알고 싶다면 우리는 함께 파리로 가야 한다.

헤밍웨이는 1957년 가을, 쿠바에서 이 책을 쓰기 시작해 1958~ 1959년 겨울, 미국 아이다호주 케첨에서 작업했다. 1959년 4월에 떠난 스페인 여행에서도 작업 중인 원고를 가져갔으며 같은 해 가을 쿠바와 케첨에 차례로 다시 가져갔다. 하지만 1959년에 안토니오 오르도네스와 루이스 미겔 도밍구인이 스페인의 투우장에서 벌이는 치열한 경쟁을 다룬 『위험한 여름』의 집필을 위해 또 잠시 제쳐 두었다가 마침내 1960년 봄, 쿠바에서 원고를 완성하고 가을에 케첨에서 약간 고쳤다. 이 책은 그가 파리에서 지낸 1921~1926년까지의 이야기를 담았다.

서문

 이 책에는 작가가 생각하기에 그만하면 충분한 이유로 넣지 않은 장소와 사람, 생각, 느낌이 많다. 비밀이라서, 누구나 아는 거라서, 이미 글로 많이 쓰였고 앞으로도 분명 계속 다뤄질 거라서 등 말이다.

 나무 아래 놓인 테이블로 음식을 나르던 권투 선수들과 정원에 권투 링이 있었던 슈타데 아나스타시에는 이 책에 나오지 않는다. 래리 게인즈와 함께한 훈련도, 시르크 디베르에서의 위대한 20라운드 경기도 없다. 찰리 스위니, 빌 버드, 마이크 스트레이터, 앙드레 마송, 미로 같은 좋은 친구들도 언급하지 않는다. 블랙 포레스트 항해도, 나와 벗들이 사랑한 파리 근교의 숲으로 떠난 당일치기 모험에 대해서도 이야기하지 않는다. 이것들도 이 책에 들어 있다면 좋겠지만 당장은 아쉬워도 어쩔 수 없으리라.

 독자들이 원한다면 이 책을 소설이라고 생각해도 된다. 하지만 알다시피 허구는 사실을 바탕으로 할 때가 많다.

어니스트 헤밍웨이, 1960년 쿠바 산 프란시스코 데 파울라에서

젊은 시절의 어니스트 헤밍웨이

해들리와 어니스트 헤밍웨이

플뢰루스 거리 27번지의 아파트에서, 거트루드 스타인

실비아 비치의 서점 '셰익스피어 앤드 컴퍼니' 앞에서, 실비아 비치와 어니스트 헤밍웨이

서점 안에서 제임스 조이스, 실비아 비치, 아드리엔 모니에

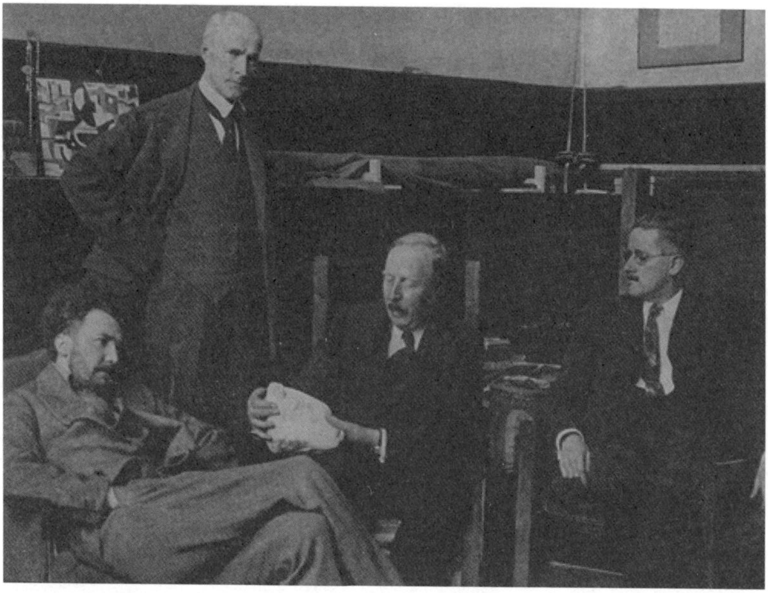

에즈라 파운드의 아파트에서, 에즈라 파운드, 포드 매덕스 포드, 제임스 조이스, 존 퀸(서 있는 사람)

어니스트 헤밍웨이와 아들 범비

헤밍웨이와 검정 개

1920년대 후반, 어니스트 헤밍웨이

젤다와 스콧 피츠제럴드, 그들의 딸 스코티

1부   길 위의 방황

2부   파리를 헤매는 시간

길 위의 방황

생 미셸 광장의 좋은 카페

가을이 끝나갈 무렵 어느 날, 갑자기 날씨가 나빠졌다. 밤에는 빗줄기가 들어오지 않도록 창문을 닫아야 했고, 차디찬 바람에 꽁트르스카프 광장의 가로수에서 이파리가 후드득후드득 떨어졌다. 비에 흠뻑 젖은 나뭇잎이 잔뜩 쌓이고 바람 실은 빗줄기가 종점에 서 있는 커다란 녹색 버스를 때렸다. 카페 데 아마퇴르Cafe des Amateurs는 사람들로 북적거렸고, 유리창에는 실내의 열기와 연기로 뿌연 김이 서렸다. 동네 술꾼들이 몰려드는 후줄근하고 불쾌한 카페였다. 나는 잘 씻지 않는 몸뚱이에서 풍기는 악취와 시큼한 술 냄새가 싫어서 그곳을 찾지 않았다. 아마퇴르 단골들은 남자든 여자든 항상, 아니, 주머니 형편이 될 때만 술에 취해 있었다. 대개는 반 리터나 1리터짜리 싸구려 와인을 사 마셨다. 온갖 괴상한 이

름의 아페리티프(식전에 식욕을 돋우기 위해 마시는 술-옮긴이)도 팔았지
만, 그런 술을 마실 형편이 되는 사람은 거의 없었다. 있더라도 처
음에 맛보기로 마실 뿐, 본격적으로 취할 때까지 마시는 건 싸구
려 와인이었다. 술 마시는 여자들은 여자 술꾼이라는 뜻의 '푸아
브로트poivrotte'라고 불렸다.

　카페 데 아마퇴르는 무프타르 거리의 오물통이라고 할 수 있었
다. 꽁트르스카프 광장으로 이어지는 그 거리는 좁아서 사람들로
북적거리지만, 꽤 멋진 시장통 골목이었다. 오래된 아파트들에는
층마다 계단 옆에 좌식 변소가 있는데 세입자가 미끄러지지 않도
록 변기 양쪽에 신발 모양으로 시멘트를 발라서 높여 놓았다. 배
설물은 오물통으로 들어가고, 밤에 똥통 달린 마차가 와서 퍼갔
다. 창문을 활짝 열어 놓고 자는 여름에는 펌프질하는 소리가 들
리며 엄청난 악취가 퍼졌다. 갈색과 샛노란 색으로 칠해진 똥통 마
차는 카르디날 르무안 거리에서 달빛을 받으며 작업할 때면, 원통
형 용기를 얹은 바퀴 달린 마차가 꼭 입체주의 화가 조르주 브라
크의 그림처럼 보였다. 하지만 카페 데 아마퇴르는 아무도 치우는
이 없는 오물통이었다. 공공장소에서의 음주에 따른 처벌 규정과
벌금이 적힌 누렇게 바랜 포스터도 그곳을 끈질기게 찾는 악취 풍
기는 손님들처럼 아주 더러웠고, 그 누구의 관심도 향하지 않았다.

　처음으로 차디찬 겨울비가 내리면 파리는 갑작스레 슬픔으로

뒤덮였다. 거리를 지날 때면 높은 흰 집들의 지붕은 보이지 않았고, 비에 젖은 까만 길, 문 닫힌 작은 상점들, 약초 가게, 문구점, 신문 가판대, 조산사 ─ 천대받는 직업이었다 ─, 시인 베를렌이 죽은 호텔밖에 보이지 않았다. 그 호텔 맨 꼭대기 층에 있는 방이 내가 글을 쓰는 공간이었다.

꼭대기 층까지는 여섯 층인지 여덟 층인지를 올라가야 했다. 방 안은 무척 추웠다. 방을 따뜻하게 하려면 우선 작은 나뭇가지 한 묶음을 불쏘시개 삼아서 불을 피우고, 철사로 묶은 연필 반토막 길이만 한 소나무 장작 세 묶음으로 불을 옮긴 뒤, 반건조 장작 한 꾸러미를 본격적인 땔감으로 태워야 했다. 이것들을 다 사려면 적지 않은 돈이 들었다. 나는 호텔 건너편으로 나가 빗속에서 호텔 지붕을 올려다보았다. 연기가 나오는 굴뚝이 있는지, 얼마나 나오는지를 확인했지만 연기는 전혀 보이지 않았다. 큰돈을 들여 불을 피우더라도 굴뚝이 너무 차가워 연기를 빨아들이지 못해 방안이 연기로 가득 찰 테니, 결국 돈 낭비일 거란 생각이 들었다. 빗속을 계속 걸었다. 앙리 4세 고등학교와 오래된 생 에티엔 뒤 몽 교회, 강한 바람에 노출된 팡테옹 광장을 지났다. 몸을 피하고자 오른쪽으로 돌아 바람을 받지 않는 생 미셸 대로 쪽으로 나왔다. 클뤼니 와 생 제르맹 대로를 지나 생 미셸 광장의 좋은 카페에 도착했다.

그곳은 따뜻하고 깨끗하며 정겨운 분위기의 카페였다. 낡은 비

옷을 말리려고 벗어서 옷걸이에 걸었다. 벤치 위의 모자걸이에 낡은 중절모도 걸어 놓고, 카페오레를 주문했다. 웨이터가 커피를 가져왔다. 나는 코트 주머니에서 공책과 연필을 꺼내 글을 쓰기 시작했다. 미시간 이야기를 쓰고 있었는데, 춥고 바람 부는 오늘 날씨가 이야기 속의 날씨와 비슷했다. 가을이 끝나가는 날씨는 유년기와 청소년기, 청년기를 거치는 동안 많이 겪었지만, 그런 날씨에 관한 글을 쓸 때 유독 잘 어울리는 장소가 있다. 이런 게 옮겨심기가 아닐까 싶었다. 식물뿐 아니라 사람도 옮겨심기가 필요하다. 내가 쓰는 단편 속에서 소년들이 술을 마시고 있기에 덩달아 목이 말라 세인트 제임스 럼주를 주문했다. 추운 날씨에 정말 잘 어울렸다. 맛 좋은 마르티니크 럼주에 몸이 따뜻해지고 기분까지 좋아져서 글을 계속 써 내려갔다.

젊은 여자가 혼자 카페로 들어와 창가 테이블에 앉았다. 무척이나 예쁜 얼굴이었다. 빗물에 씻긴 피부가 갓 찍어낸 동전처럼 반짝이고, 까마귀 날개처럼 새까만 머리카락이 뺨을 비스듬히 덮고 있었다.

그녀를 보는 순간 집중력이 흐트러지고 기분이 들떴다. 지금 쓰는 단편이든, 다른 작품에든 그녀를 넣고 싶다는 마음이 들었지만 거리와 출입구 쪽을 보고 앉은 걸 보니 분명 누군가를 기다리는 것 같았다. 나는 다시 글쓰기를 계속했다.

이야기는 저절로 풀려나가서 그 속도를 따라잡기가 버거울 정도였다. 세인트 제임스 럼주를 한 잔 더 주문했다. 고개를 들 때마다, 커피 받침 접시에 동그랗게 말린 나무 부스러기를 떨어뜨리면서 연필을 깎을 때마다, 그녀에게로 시선이 향했다.

나는 생각했다. 아름다운 여인이여, 내 눈이 당신을 담았으니 당신이 누구를 기다리든, 다시는 볼 수 없다 해도 당신은 내 것입니다. 당신도, 파리의 모든 것도 다 내 것이고, 나는 이 노트와 연필의 것입니다.

다시 글쓰기로 돌아갔다. 나는 이야기로 들어가 앞으로 나아갔고 완전히 몰입했다. 이제는 이야기가 혼자 제멋대로 풀리는 것이 아니라 내가 작가로, 주도권을 잡고 써 나갔다. 더 이상 고개를 들지도 않았고 시간이 얼마나 흘렀는지도 몰랐다. 지금 어디에 있는지도 생각하지 않았고 세인트 제임스 럼주를 더 주문하지도 않았다. 나조차 모르는 사이 럼주에 질려 버리기라도 한 것 같았다. 마침내 이야기가 완성되자 피로가 몰려왔다. 마지막 문단을 읽어 본 뒤에 고개를 들어 그녀 쪽을 보았지만, 그녀는 어느새 가 버리고 없었다. 좋은 남자와 떠난 것이길. 하지만 왠지 슬펐다.

단편이 마무리된 공책을 안주머니에 넣고 웨이터에게 포르투갈 굴portugaises 열두 개와 달지 않은 화이트 와인으로 아무거나 반 병 달라고 주문했다. 단편을 완성한 후에는 사랑을 나누고 난 뒤처럼 항상 배가 고팠고, 슬프면서도 행복한 기분이 들었다. 다음 날 다시 읽어봐야 확실히 알겠지만, 이번 글은 썩 잘 썼다고 확신했다. 굴에서 진한 바다의 맛과 금속 맛이 살짝 풍겼다. 차가운 화이트 와인에 금속 맛이 씻겨 내려가고, 바다의 맛과 풍부한 육즙의 질감만 남았다. 굴 껍데기에 고인 시원한 물까지 마셔 버리고 깔끔한 와인을 넘기자, 뱃속의 허기가 사라지고 행복감이 밀려와서 계획을 세우기 시작했다.

이제 날씨가 나빠졌으니 잠시 파리를 떠나 있어도 될 것이다. 비가 눈이 되어 소나무 사이로 내리고, 길과 높은 산비탈을 뒤덮고, 밤에 집으로 걸어갈 때면 산꼭대기에 쌓인 눈이 갈라지는 소리가 들리는 곳으로 떠나자. 스위스 레자방 마을 아래쪽에 훌륭한 숙식 서비스를 제공하는 산장이 있다. 책도 읽고 밤에는 창문을 열어 놓은 채로 따뜻한 이불을 덮고 별을 감상할 수 있는 곳이다. 거기로 가도 좋겠지. 3등석 기차표는 그리 비싸지 않다. 그곳의 숙식 비용도 파리의 생활비보다 아주 조금 비쌀 뿐이다.

글을 쓰려고 빌린 호텔 방이야 빼면 되고, 카르디날 르무안 거리 74번지에 있는 집의 월세는 얼마 되지도 않는다. 그리고 토론토 신문사에 써준 기사의 원고료가 곧 들어올 예정이다. 신문 기사야 언제 어디에서든 쓸 수 있을 테고, 여행할 돈도 충분히 있다.

파리를 떠나면 파리에 대한 글을 쓸 수 있을지도 모른다. 파리에서 미시간에 관한 글을 쓴 것처럼 말이다. 아직 파리에 대해 충분히 알지 못하니 이를 수도 있지만 원래 그런 것 아니겠는가. 어쨌든 아내가 원한다면 떠날 생각이다. 굴과 와인을 다 먹고 계산한 후 빗속을 뚫고 몽타뉴 생트 주느비에브 언덕의 아파트로 돌아갔다. 파리의 고약한 날씨는 내 삶을 흔들어 놓지 못한다. 다른 곳은 날씨가 이러지 않을 테니까 말이다.

"너무 좋아요, 타티." 계획을 들은 아내가 말했다. 마치 값비싼 선물이라도 받은 것처럼 평소의 온화한 얼굴에 환한 미소가 퍼지고 두 눈이 반짝였다. "언제 떠날까요?"

"당신이 가고 싶을 때 아무 때나."

"아, 난 당장 떠나고 싶어요. 눈치 못 챘어요?"

"파리를 떠났다가 돌아오면 날씨가 다시 좋아져 있을 수도 있어. 추워도 맑기만 하면 괜찮을지 몰라."

"분명 그럴 거예요. 여길 떠나 있을 생각을 하다니 당신 정말 기특해요."

거트루드 스타인의 가르침

파리에 돌아오니 추위도 맑고 화창한 날씨였다. 파리는 겨울에 완전히 적응한 모습이었다. 우리 집 길 건너의 땔감 가게에서는 질 좋은 나무를 팔았고, 좀 괜찮은 카페들은 밖에 화로를 놓아두어 테라스 야외석에서도 따뜻하게 앉아 있을 수 있었다. 우리 아파트는 따뜻하고 생기가 넘쳤다. 우리는 석탄 가루를 달걀 모양으로 압축한 조개탄에 활활 타오르는 나무를 올려서 태웠다. 겨울빛에 둘러싸인 거리는 아름다웠다. 이제는 하늘을 배경으로 헐벗은 나무들을 보는 것에도 익숙해졌다. 맑은 날씨에 불어오는 찬 칼바람을 맞으며 뤽상부르 공원의 비에 씻긴 자갈길을 걸었다. 체념 상태로 바라보면 이파리가 모조리 떨어져 나간 나무들도 조각품처럼 보였다. 연못 위로 겨울바람이 스치고 밝은 빛 속 분수의 물줄기에도 바람이 불었다. 산속에서 지내다 돌아와서인지 모든 게 다닥다닥 붙어 있는 느낌이었다.

고산 지대에서 지내다 오니 도시의 높은 언덕을 오를 때도 그저 즐거울 뿐이었다. 내가 얻어 둔 호텔 꼭대기 층 방은 동네의 지붕과 굴뚝이 내려다보일 정도로 높았는데 그 방으로 올라가는 것도 전혀 힘들지 않았다. 벽난로도 연기를 제대로 빨아들여서 따뜻하고 쾌적한 분위기 속에서 일할 수 있었다. 종이봉투에 만다린 오렌지와 군밤을 싸 가서 배고플 때 먹었다. 귤처럼 생긴 작은 오렌지는 껍질을 까서 알맹이는 먹고, 껍질과 씨는 불 속에 던졌다. 추운 날씨에 걸어 다니고 글을 쓰다 보면 항상 허기가 졌다. 산에서 가져온 독한 체리주 키르슈를 방에 놓아두고, 단편 원고가 완성되거나 그날의 작업이 끝날 때마다 한 잔씩 마셨다. 하루의 작업이 끝나면 공책이나 종이는 테이블 서랍에 넣었고, 오렌지가 남으면 주머니에 넣었다. 방에 두고 가면 밤새 얼어버릴 테니까.

글이 잘 풀리는 날에는 긴 계단을 내려갈 때 기분이 무척 좋았다. 나는 항상 작은 목표를 달성하거나 다음에 무슨 내용이 올지 확실해야만 그날의 글쓰기를 멈췄다. 그래야 다음날에도 작업이 계속되리라는 확신이 생겼다. 하지만 새로운 이야기를 쓰기 시작할 때는 글문이 막힐 때도 있었다. 그럴 때는 벽난로 앞에 앉아 오렌지 껍질을 눌러 불꽃의 가장자리에 즙을 떨어뜨리고 파란색 불꽃이 탁탁 소리와 함께 튀어 오르는 모습을 바라보곤 했다. 그리고는 자리에서 일어나 파리의 지붕들을 내다보며 생각했다. '걱정하지 말자. 여태껏 계속 써 왔으니까 지금도 쓸 수 있어. 진실한 문장, 딱 한 문장만 쓰면 돼. 네가 아는 가장 진실한 문장을 쓰면 되는 거야.' 마침내 진실한 문장이 나오면 계속 써 나갔다. 어렵지 않은 일이었다. 알거나 어디에서 보았거나 누구에게 들은 적 있는 진실한 문장 하나는 언제나 있기 마련이니까. 글에 미사여구가 너무 많거나 무언가를 소개하거나 보여 주려는 것처럼 흘러갈 때는 화려한 장식은 잘라 버리고 진실하고 단순한 평서문 하나로 시작하면 됐다. 그 호텔 방에서는 내가 아는 것만 나오는 단편을 쓰기로 마음먹었다. 글을 쓸 때마다 항상 그러려고 노력했다. 엄격하지만 좋은 원칙이었다.

하루 작업을 끝낸 후에는 다음 날 다시 시작할 때까지 생각을 아예 하지 말아야 한다는 것도 그 방에서 깨우쳤다. 그래야만 글에 대한 생각이 무의식에 계속 자리하더라도 의식적으로는 다른 사람들의 말에 귀를 기울이고, 무엇 하나 놓치지 않고 알아차리며 배움을 얻을 수 있었다. 글 생각을 접고 아예 글을 쓸 수조차 없도록 독서에 열중했다. 원칙을 철저하게 고수할 뿐만 아니라 운도 따라 주어야만 작업이 잘 풀렸다. 그런 날이면 계단을 내려가면서 기분이 무척 좋았고, 홀가분한 마음으로 파리 시내를 어디든 돌아다닐 수 있었다.

오후에 평소와 다른 길을 이용해 뤽상부르 공원으로 향하면 여러 정원을 지나쳐 뤽상부르 박물관으로 갈 수 있었다. 비록 지금은 루브르 박물관이나 주 드 폼 국립 미술관으로 옮겨졌지만, 당시 그곳에는 훌륭한 그림들이 많았다. 거의 매일 찾아가 세잔과 마네, 모네를 비롯해 시카고 미술관에서 처음 알게 된 인상주의 화가들의 작품을 감상했다. 세잔의 그림에서 내가 원하는 깊이 있는 작품을 쓰려면 단순하고 진실한 문장을 쓰는 것만으로는 충분하지 않다는 것을 배웠다. 그의 그림에서 배운 게 정말이지 많지만, 누군가에게 말로 설명하기는 어려웠다. 비밀이기도 했고. 뤽상부르의 불이 꺼져 있으면 정원을 계속 지나쳐 거트루드 스타인 선생이 사는 플뢰루스 거리 27번지의 아파트에 들렀다.

아내와 함께 스타인 선생을 방문한 적이 있었다. 스타인 선생과 동거하는 친구는 우리를 매우 친절하고 다정하게 대해 주었다. 멋진 그림이 걸린 그 널찍한 원룸이 정말로 마음에 들었다. 그 집은 가장 훌륭한 박물관의 가장 멋진 전시실이었다. 큰 벽난로가 있다는 것과 따뜻하고 편안하며 맛있는 차와 다과, 자주색 자두나 노란색 자두, 산딸기로 만든 과실주를 대접받을 수 있다는 점만 제외한다면 말이다. 향기로운 무색의 과실주는 무늬가 새겨진 유리병에 담겨 나왔다. 자주색 자두로 만든 크베치든, 노란색 자두로 만든 미라벨이든, 산딸기로 만든 프랑부아즈든, 과실주는 거기에 들어간 과일 맛이 났는데 혀에 닿는 순간 적당히 뜨거운 불꽃으로 변해 몸이 따뜻하고 나른해졌다.

스타인 선생은 덩치는 크지만 키는 별로 크지 않아서 농부처럼 다부져 보였다. 눈이 아름다웠고 강한 인상을 풍기는 독일계 유대인의 얼굴이지만, 옷차림이라든가 풍부한 표정, 어쩌면 대학 시절부터 한결같을지 모르는 이민자 스타일의 사랑스럽고 풍성하며 생기 넘치는 올림머리가 이탈리아 북부 프리울리의 농촌 아낙을 떠올리게 했다. 그녀는 쉬지 않고 말했는데 처음에는 주로 사람과 장소에 관한 이야기였다.

선생은 함께 사는 친구는 목소리가 무척 좋았고, 작은 체구에 피부가 까무잡잡하며 부테 드 몽벨의 삽화에 나오는 잔 다르크 같은 머리 스타일에 심한 매부리코였다. 우리가 처음 방문했을 때 그녀는 캔버스 천에 바늘로 자수를 놓고 있다가 다과를 내왔고, 내 아내와 이야기를 나누었다. 그녀는 먼저 대화를 시작할 때도 있고, 들을 때도 있었으며 다른 이들이 대화하고 있을 때도 종종 끼어들었다. 나중에 그녀가 나에게 설명하기를, 자기는 늘 부인들과 대화를 나눈다고 했다. 아내와 내 생각에는 그나마 부인들이 남자들보다 견딜 만해서 그런 듯했다. 어쨌든 우리는 스타인 선생과 좀 무섭기는 해도 그녀의 친구가 마음에 들었다. 그림과 케이크, 과실주도 정말이지 훌륭했다. 그들도 우리가 마음에 드는 듯, 아주 착하고 예의 바르고 장래가 촉망되는 아이들처럼 대해 주었다. 우리가 자신들과 달리─시간이 흐르면 저들에게도 그런 날이 오리라─당연하게 결혼 생활을 누릴 수 있는 이성의 연인이라는 사실을 너그러이 봐주는 느낌이었다. 그들은 차를 마시러 오라는 아내의 초대를 받아들였다.

두 사람이 우리 아파트를 방문한 후 우리 부부에 대한 호감도 더 커진 듯했다. 우리 집이 좁은 탓에 가까이 붙어 앉아 있어야 해서 그렇게 느껴졌는지도 모르겠다. 스타인 선생은 바닥에 놓인 침대에 앉아서 내 단편들을 보여 달라고 했다. 「미시간 북쪽에서」만 빼고 전부 마음에 든다고 했다.

"그것도 잘 쓰긴 잘 썼어. 그거야 두말할 필요도 없지. 하지만 내걸 수가 없잖아(「미시간 북쪽에서」는 성폭력에 관한 묘사가 등장한다 – 옮긴이). 완성한 그림을 전시회에 걸 수 없거나, 도무지 집에 걸 수가 없어서 아무도 사지 않는 것과 비슷하지."

"저속한 내용을 노리려고 한 게 아니라 사람들이 일상에서 실제로 쓰는 말을 쓰려고 한 건데도 문제가 될까요? 진실한 이야기가 나올 방법이 그것뿐이라면 다른 방법이 없지 않을까요? 그냥 써야겠죠."

"내 말의 요점을 전혀 이해하지 못하는군. 내걸 수 없는 글은 뭐가 됐든 쓰면 안 돼. 의미가 없어. 잘못되고 바보 같은 짓이지."

스타인 선생은 자신도 《애틀랜틱 먼슬리》에 글을 싣고 싶고 그렇게 될 거라고 말했다. 그녀는 내가 그 잡지나 《새터데이 이브닝 포스트》에 실릴 만큼은 훌륭하지 않지만 나름의 개성을 갖춘 새로운 유형의 작가가 될 수 있을지도 모르며, 어쨌든 간에 내걸 수 없는 글은 쓰면 안 된다는 사실을 절대로 잊지 말라고 했다. 나는 반론을 제기하지도, 그 단편에서 내가 대화체로 어떤 시도를 하려는 것인지 다시 설명하지도 않았다. 어차피 내가 알아서 할 문제인데다 선생의 이야기를 듣는 편이 훨씬 더 흥미로웠다. 그날 오후, 그녀는 우리에게 그림을 사는 방법도 알려 주었다.

"옷을 사거나 그림을 사거나 둘 중 하나만 선택하면 돼. 아주 간단하지. 웬만한 부자가 아니면 둘 다 살 순 없거든. 옷에 신경 쓰지 마. 유행에도 신경 쓰지 말고, 무조건 편하고 튼튼한 옷을 사는 거야. 그럼 옷 살 돈으로 그림을 살 수 있지."

"하지만 앞으로 옷을 하나도 사지 않는다고 해도 제가 갖고 싶은 피카소 그림을 살 돈이 모이진 않을 것 같은데요."

"그래. 피카소는 자네 수준이 아니야. 비슷한 또래들 그림으로 사야지. 자네처럼 전쟁에 나가 군복무를 한 사람들 말이야. 그런 사람들을 알게 될 걸세. 근방에서 만날 수 있을 거야. 실력 있는 신인 화가들은 항상 있기 마련이니까. 하지만 자네가 옷을 많이 사는 게 문제가 아니라 문제는 항상 여자들이야. 비싼 건 여자 옷이거든."

아내는 스타인 선생이 입은 이상한 싸구려 옷을 쳐다보지 않으려고 애썼다. 다행히 억지로 시선을 피하는 티가 나진 않았다. 그들은 우리 집 방문을 마치고 돌아갈 때도 우리를 여전히 좋게 생각하는 듯했고 플뢰루스 거리 27번지에 다시 와 달라고 초대했다.

　겨울, 오후 5시 이후 아무 때나 그녀의 집에 들러도 된다고 허락받은 건 훨씬 나중의 일이었다. 뤽상부르 공원에서 스타인 선생을 만났다. 그녀가 개를 산책시키는 중이었는지, 그때 개를 키우긴 했는지 기억나지 않는다. 확실한 건 내가 혼자 산책 중이었다는 거다. 그때 우리는 개나 고양이를 키울 형편이 되지 않았으니까. 내가 아는 고양이라고는 카페나 작은 레스토랑에서 마주치거나 아파트 경비실 창문 너머로 보고 감탄한 녀석들뿐이었다. 어쨌든 뤽상부르 공원으로 개를 데리고 온 스타인 선생을 종종 만났다. 하지만 처음에 마주쳤을 때는 개를 키우기 전이었다.

　개는 그렇다 치고, 어쨌든 나는 아무 때나 들르라는 선생의 초대를 받아들여 자주 그녀의 아파트에 들렀다. 선생은 항상 천연과실주를 대접했고, 내 잔이 빈 것을 보면 꼭 한 잔 더 따르라고 권했다. 나는 선생과 대화도 나누고, 그림도 구경했다. 그림도 훌륭하고 대화도 즐거웠다. 대개는 그녀가 말하는 쪽이었는데, 주로 현대 그림과 화가들에 대한 이야기—화가로서가 아닌 개인적인 면모에 대해 말하는 편이었다—였고 자신의 글에 대해서도 이야기했다. 그녀는 매일 자기가 쓰고, 파트너가 타이핑하는 여러 권 분량의 원고도 보여 주었다. 그녀는 매일 글을 쓰는 것이 행복하다고 했다. 하지만 시간이 지날수록 내가 그녀에 대해 알게 된 사실이 있다.

그녀는 그날그날의 컨디션에 따라 조금씩 달라도 거의 하루도 빠짐없이 글을 쓰긴 하지만, 글이 출판되고 사람들에게 인정받아야만 행복을 느낀다는 사실이었다.

처음 만났을 때 스타인 선생은 누구나 쉽게 이해할 수 있는 단편 소설 세 편을 출간한 상태였으므로 심각한 상황은 아니었다. 그 중에서도 「멜란차」는 특히 좋았다. 그 작품은 그녀의 실험적인 글이 책 형태로 출판되어 그녀를 알거나 만난 적 있는 평론가들로부터 찬사를 받은 아주 좋은 예였다. 스타인 선생은 누군가의 환심을 사려고 마음만 먹으면 상대가 절대 거부할 수 없게 만드는 매력적인 성격의 소유자였다. 그녀를 만난 적이 있거나 그녀가 모은 그림을 본 적 있는 평론가들은 그녀라는 사람에게 열광하고 그녀의 판단력을 신뢰했으므로 그녀의 글이 이해되지 않더라도 무조건 신뢰했다. 게다가 그녀는 문장의 리듬이라든가 단어의 반복적인 사용에 관한 그럴듯하고 중요한 진리를 많이 발견했고, 아주 능숙하게 설명할 수 있었다.

하지만 그녀는 글을 출판해서 인정받고 싶어 하면서도 사람들이 쉽게 이해할 수 있도록 원고를 다듬거나 새로 쓰는 수고를 들이는 건 좋아하지 않았다. 『미국인의 형성The Making of Americans』이라는 엄청나게 긴 책의 경우엔 특히 그랬다.

그 책은 웅장하게 시작해서 한동안 탁월함을 뽐내며 순조롭게 진행되지만, 양심적이고 부지런한 작가라면 쓰레기통에 처넣었을 법한 반복적인 부분이 계속 이어졌다. 내가 잘 아는 이유가 있다. 내가 그 책을 《트랜스애틀랜틱 리뷰》에 연재해 달라고 포드 매독 스 포드에게 부탁, 아니 강요했기 때문이다(워낙 긴 책이라서 연재가 끝 나기도 전에 잡지가 폐간될 것 같을 정도였지만). 나는 교정 작업에서 행복 을 느끼지 못하는 스타인 선생을 대신해 연재용 교정쇄를 검토해 주기까지 했다.

그녀와의 인연이 이어진 지 몇 년째인 어느 추운 날 오후, 관리 실과 추운 안뜰을 지나 선생의 따뜻한 아파트로 갔다. 그날 선생 은 나에게 성교육을 해 주었다. 그때쯤 우리는 꽤 가까운 친구가 되어 있었다. 나는 내가 이해하지 못하는 모든 것이 성과 관련 있 다는 걸 어렴풋이 알고 있었다. 스타인 선생은 내가 성에 대해 너 무 무지하다고 생각했다. 고백하건대 그때 나는 동성애의 원초적 인 면을 아는 터라 동성애에 대한 편견이 있었다. 왜 소년들이 몸 에 칼을 지니고 다녀야 하는지, 부랑자라도 만나면 그 칼을 실제 로 써야 할 일이 벌어질 수도 있는지 나도 모르지 않았다. 그 시절 에 늑대는 여자에게 음흉한 마음을 품은 남자를 가리키는 말이 아니었다. 나는 캔자스시티에 살던 시절에 내걸 수 없는 단어와 표 현을 많이 배웠고 그 도시의 다른 동네와 시카고, 호수의 배에서 는 더 많은 걸 배웠다.

스타인 선생의 질문에 나는 소년이 남자들 틈에 섞이면 살인할 준비가 되어 있어야 하고, 상대의 숨통을 끊는 방법을 알아야 하며 다시는 집적거리지 않게 만들려면 정말로 죽여야 한다는 걸 설명하려고 했다. 뭐, 이 정도는 내걸 수 있는 표현이었다. 정말로 죽일 각오로 덤비면 상대도 빠르게 눈치채고 건드리지 않는다. 하지만 절대로 휘말리거나 얽히면 안 되는 상황도 있다. 늑대들이 호수의 배에서 썼던 "계집도 좋지만 사내가 더 내 취향이야."처럼 내걸 수 없는 표현을 사용한다면 더 생생하게 설명할 수 있을 터였다. 사실적인 표현을 사용하면 편견을 분명하게 드러내거나 제대로 표현할 수 있었을 테지만 나는 항상 스타인 선생 앞에서는 말을 가려서 했다.

"그래, 그래, 헤밍웨이. 그런데 자네는 범죄자와 변태들에게 둘러싸여 살았군."

더 이상 토를 달고 싶진 않았다. 하지만 내가 그런 세상에서 살았다는 건 맞는 말이었다. 별별 사람이 다 있었고 아무리 이해하려고 애써도 절대 좋아할 수 없고, 여전히 싫은 사람들도 있었다.

"그럼 이 노신사는 어떻게 생각하세요? 평소 매너도 좋고 명성도 있는 사람이었는데 제가 입원한 이탈리아의 병원에 마르살라인지 캄파리인지 와인 한 병을 들고 찾아와 주었죠. 이상한 낌새가 전혀 없었어요. 그런데 어느 날, 전 간호사에게 절대로 그 사람을 병실에 들이지 말라고 신신당부해야만 했습니다."

"그런 사람들은 환자야. 스스로도 어쩔 수 없지. 불쌍하게 여겨야 해."

"그럼 아무개 씨 같은 사람도 불쌍하게 여겨야 할까요?" 내가
물었다. 스타인 선생에게는 실명으로 말했지만, 그 사람이 알면 오
히려 좋아할 테니 여기서는 밝히지 않겠다.

"아니. 그는 악질이야. 사람들을 타락시키는 악마 같은 인간
이지."

"하지만 훌륭한 작가라고 인정받잖아요."

"아니야. 그 남자는 광대일 뿐이야. 사람들을 타락시키면서 즐
거워하는 부류야. 남들을 나쁜 길로 이끌어. 이를테면 마약 같은
거."

"제가 불쌍하게 여겨야 한다는 그 밀라노 노신사도 저를 타락
시키려고 한 거 아닌가요?"

"바보 같은 소리! 자네를 타락시킬 수나 있겠나? 자네처럼 술
좋아하는 젊은이를 마르살라 한 병으로 타락시킬 수 있겠느냐고.
그 사람은 자기 행동도 자제하지 못하는 불쌍한 노인네일 뿐이야.
어쩔 수 없는 환자니까 불쌍하게 여겨야 해."

"처음에는 불쌍하게 생각했어요. 품행이 워낙 훌륭했던 사람이
라 실망이 컸던 거죠."

나는 노인에게 연민을 느끼며 과실주를 한 모금 마시고 〈꽃바
구니 든 소녀〉를 그린 피카소의 누드화를 바라보았다. 내가 먼저
시작한 건 아니지만 대화가 아슬아슬해지는 느낌이었다. 스타인

선생과 대화할 때 말이 끊긴 적이 거의 없었는데 이번에는 잠시 침묵이 감돌았다. 그녀가 뭔가 해줄 말이 있는 눈치여서 나는 술잔을 다시 채웠다.

"헤밍웨이, 자넨 이쪽에 대해서는 정말로 아무것도 모르는군. 범죄자와 환자, 악질 인간들을 만나봤지만 말이야. 중요한 건 남자 동성애자들은 추하고 역겨운 짓을 저지르고 결국은 자신을 혐오하게 된다는 거야. 자기혐오를 잊으려 술을 마시고 마약을 하지. 하지만 그런 행동마저 혐오감이 느껴져서 파트너를 쉴 새 없이 바꿔대. 절대로 행복해질 수 없어."

"그렇군요."

"여자들은 반대야. 여자들은 스스로가 역겹거나 혐오스러워지는 짓은 하지 않아. 그래서 여자는 동성애를 하더라도 행복하고 둘이 행복한 삶을 꾸려나갈 수 있지."

"그렇군요. 하지만 아무개 씨는요?" 내가 물었다.

"그 여자는 질이 안 좋아. 상대를 계속 갈아치워야만 행복을 느끼는 질 나쁜 부류야. 다른 사람들까지 타락시켜."

"이해했습니다."

"정말 이해했어?"

그 시절에는 내가 이해할 수 없는 것들이 워낙 많았다. 화제가 바뀌자 마음이 놓였다. 공원이 닫혀 있어서 공원을 빙 돌아 보지라르 거리까지 걸어가야 했다. 문이 자물쇠로 잠긴 공원은 쓸쓸해 보였다. 나 역시 쓸쓸한 기분으로 공원을 돌아 카르디날 르무안 거리의 집으로 발걸음을 재촉했다. 그날 하루의 시작은 참 환하고 좋았는데. 내일은 열심히 글을 써야 한다. 그때 나는 글쓰기가 모든 것을 치유할 수 있다고 믿었다. 지금도 그 믿음은 변하지 않았다. 아무래도 스타인 선생은 내가 고쳐야 할 문제가 젊음과 아내에 대한 사랑뿐이라고 생각하는 듯했다. 카르디날 르무안 거리의 집에 도착했을 때는 쓸쓸한 기분이 완전히 사라져 버렸다. 새로이 알게 된 것들을 아내에게 전부 말해 주었다. 그날 밤 우리는 이미 알고 있던 것들과 산에서 얻은 새로운 지식들로 행복했다.

길 잃은 세대

늦은 오후가 되면 따뜻한 온기와 멋진 그림, 대화가 있는 플뢰루스 거리 27번지에 들르는 것이 어느새 습관으로 자리 잡았다. 평소 그 시간대에는 다른 손님이 없었다. 스타인 선생는 항상 다정했고, 오랫동안 한결같은 애정을 보여 주었다. 내가 캐나다 신문사나 통신사 일로 정치 회담을 취재하러 가거나 극동 지역이나 독일로 출장을 다녀올 때마다 그녀는 재미있는 일이 없었는지 자세히 듣고 싶어 했다. 늘 재미있는 일화가 있기 마련이었다. 선생은 그런 일화도 좋아했지만, 독일인들이 '교수대 농담'이라고 부르는 다크 유머도 좋아했다. 그녀는 진짜 현실이나 나쁜 일이 아니라 세상사의 밝고 환한 부분을 알고 싶어 했다.

그때 나는 젊었고 우울한 성격도 아니었다. 그래서 아무리 최악의 상황에서도 기묘하거나 우스꽝스러운 일을 발견했다. 스타인 선생은 바로 그런 이야기를 듣는 걸 좋아했다. 그 외의 것들은 들려주지 않거나 그냥 글로 썼다.

취재 여행에서 돌아오는 길이 아니라 하루의 글쓰기 작업을 끝내는 길, 플뢰루스 거리에 들르는 날에는 선생에게 책 이야기를 들려 달라고 했다. 글을 쓸 때는 하루의 작업을 마친 후, 독서를 하면서 생각을 딴 데로 돌릴 필요가 있었다. 계속 글 생각에 빠져 있으면 다음 날 작업을 이어가기도 전에 길을 잃었다. 운동으로 몸을 피로하게 만드는 것도 필수였다. 사랑하는 사람과 사랑을 나누는 것도 좋은 방법이었다. 사실 그보다 좋은 방법은 없었다. 하지만 사랑을 나누고 나면 공허한 느낌이 밀려오니 작업을 다시 시작하기 전까지 걱정에 잠겨있지 않도록 뭔가를 읽어야만 했다. 글을 쓸 때는 절대로 우물이 텅 빌 때까지 짜내서는 안 된다는 걸 깨달았다. 우물 깊숙한 곳에 물이 남아 있을 때 멈추고 밤새 물이 다시 차기를 기다려야 한다.

작업이 끝나면 글 생각을 떨쳐 버리려고 올더스 헉슬리나 D. H. 로렌스처럼 당시 활동하는 작가들의 책이나 실비아 비치의 대여 문고에서 빌린 책들, 센강 변을 따라 늘어선 헌책방들에서 산 것들을 읽곤 했다.

"헉슬리는 산송장이야. 산송장이 쓴 글을 뭐 하러 읽어? 자네 눈엔 그자가 산송장인 게 안 보여?" 스타인 선생이 말했다.

나는 그렇게 생각하지 않았다. 그의 책이 재미있고 잡생각을 잊게 해 준다고 했다.

"진정으로 좋은 책이나 노골적으로 나쁜 책만 읽어야 해."

"겨우내 좋은 책을 많이 읽었어요. 지난겨울에도 그랬고 다음 겨울에도 그럴 거예요. 전 노골적으로 나쁜 책은 싫어요."

"헉슬리 같은 쓰레기를 왜 읽어? 산송장이 쓴 부풀려진 쓰레기라고, 헤밍웨이."

"전 다른 작가들의 글을 읽는 게 좋아요. 읽는 동안 잡생각을 잊게 되니까요."

"또 누구 책을 읽고 있어?"

"D. H. 로렌스요. 훌륭한 단편이 많더군요. 특히 「프로이센 장교」요."

"나도 그자의 소설을 읽으려고 해 봤는데 도저히 못 읽겠더군. 한심하고 터무니없어. 환자가 따로 없다니까."

"저는 『아들과 연인』, 「흰 공작The White Peacock」은 좋았어요. 대단히 훌륭한 건 아닐지 모르지만요. 『사랑에 빠진 여인들』은 못 읽겠더라고요."

"형편없는 책은 싫고, 흥미롭고 나름대로 훌륭한 책을 읽고 싶다면 마리 벨록 로운즈를 읽어 봐."

처음 듣는 이름이었다. 스타인 선생이 연쇄 살인마 잭 더 리퍼가 나오는 훌륭한 작품 『하숙인』과 파리 근교의 작은 도시 앙기엥

레 벵에서 벌어진 살인 사건을 다룬 또 다른 책을 빌려주었다. 둘 다 하루의 작업을 마치고 읽기에 안성맞춤인 책들이었다. 캐릭터들은 사실적이었고, 그들의 행동과 공포심도 개연성 있게 표현되었다. 일을 마친 후에 읽기 딱이라서 벨록 로운즈의 책을 전부 다 찾아 읽었지만, 다른 책들은 처음 읽은 두 권만 못 했다. 낮이고 밤이고 공허한 시간을 채워줄 만한 좋은 책을 찾을 수가 없었다. 조르주 심농의 멋진 책이 나오기 전까지는 말이다.

스타인 선생도 심농의 책을 좋아했을 것 같은데―내가 처음 읽은 심농의 책은 『제1호 수문』 아니면 『운하의 집 La Maison du Canal』이었다―잘 모르겠다. 선생은 프랑스어로 말하는 것은 좋아해도 읽는 것은 싫어했으니까 말이다. 내가 처음 읽은 심농의 책 두 권을 준 사람은 재닛 플래너였다. 프랑스 책을 좋아한 재닛은 심농이 신문사 기자로 일하며 범죄 기사를 쓸 때부터 그의 글을 읽었다.

가깝게 지낸 3, 4년 동안 거트루드 스타인 선생은 본인의 작품에 대해 호의적으로 평가하거나 경력에 도움이 될 만한 일을 해준 적이 없는 작가에 대해 좋게 말하는 모습을 한 번도 보지 못한 것 같다. 예외가 있다면 로널드 퍼뱅크, 나중에는 스콧 피츠제럴드뿐이었다. 스타인 선생은 처음에 셔우드 앤더슨을 작가로 여기지도 않았다. 이탈리아인처럼 멋지고 아름답고 따스한 눈동자라든가, 친절하고 매력적인 성격처럼 오로지 그의 개인적인 면모에 대해서만 열정적으로 늘어놓았다. 나는 앤더슨의 아름답고 따스한

눈동자가 어쨌든, 그의 몇몇 단편은 무척 좋아했다. 문체가 단순하면서도 훌륭했고 이야기 속에 등장하는 인물들에 대한 작가의 깊은 애정이 느껴졌다. 그러나 스타인 선생은 그의 작품이 아니라 개인적인 측면만 언급할 뿐이었다.

"그의 소설은 어때요?" 내가 물었다. 선생은 앤더슨의 작품에 대해서는 조이스만큼이나 입에 올리기를 싫어했다. 그녀 앞에서 조이스의 이름을 두 번 꺼냈다가는 다시는 그녀의 집에 초대받지 못할 것 같았다. 한 장군 앞에서 다른 장군을 칭찬하는 것이나 마찬가지인 것이다. 그런 실수를 처음 하는 순간, 똑같은 실수를 두 번 다시 반복하면 안 된다는 사실을 깨닫고도 남았다. 반면 그 장군이 이긴 적 있는, 패한 장군에 대해서는 언제든 언급해도 된다. 장군은 신이 나서 자신에게 패한 장군을 오히려 칭찬하고 자기가 어떻게 이겼는지 자세한 무용담을 들려줄 것이다.

앤더슨의 작품은 너무 훌륭해서 선생과 즐거운 대화를 이어갈 소재로 적합하지 않았다. 사실 나는 선생에게 앤더슨의 소설이 괴상하고 형편없다고 말할 생각도 해본 적 있는데 만약 정말로 실행했더라면 현명한 행동은 아니었을 것이다. 그녀의 충직한 추종자를 헐뜯는 셈이 될 테니까. 하지만 앤더슨의 장편 『어두운 웃음Dark Laughter』이 나왔을 때는 어찌나 끔찍하고, 형편없고, 바보 같고 가식적인 작품이었던지 내가 끝내 패러디 소설, 『봄의 급류The Torrents of Spring』를 써서 비판하고야 말았는데 스타인 선생이 크게 화를 냈다. 내가 그녀의 사단에 속하는 사람을 공격한 것이다. 하지만 시간이 지나자 그녀는 더 이상 화를 내지 않았고 앤더슨이 작가로서 추락하자 그를 아낌없이 칭찬하기 시작했다.

선생은 에즈라 파운드가 작고 약하고 불편할 수밖에 없는 그녀의 의자에 부주의하게 앉아 망가뜨렸다며 화를 냈다. 하지만 그녀가 일부러 그런 의자를 권유했을 가능성이 높았다. 그녀는 그가 너그러운 성품을 지닌 훌륭한 시인이고, 평범한 크기의 의자를 권했으면 아무 문제 없었을 거라는 사실은 고려하지도 않았다. 몇 년 후, 선생은 에즈라를 싫어하는 이유를 교묘하고 악의적으로 꾸며내기까지 했다.

우리 부부가 캐나다에서 돌아와 노트르담 데 샹 거리에 살 때도 스타인 선생과는 여전히 사이가 좋았다. 그녀가 '길 잃은 세대'에 대해 언급한 것도 그때였다. 그녀는 점화 장치가 고장 난 낡은 포드 모델 T 자동차를 정비소에 맡겼다. 전쟁 마지막 해에 군에서 복무한 청년이 수리를 맡았는데 제대로 고쳐주지 못했거나, 앞차들을 제쳐 두고 선생의 차를 먼저 봐주지 않은 모양이었다. 어쨌든 그 청년은 성의를 보이지 않았다. 스타인 선생이 항의하자 정비소 주인이 청년을 심하게 나무라며 말했다. "자네들은 모두 길 잃은 세대Génération perdue야."

"자네도 마찬가지야. 전쟁에 나갔다 온 젊은이들 전부 다 마찬가지야. 모두가 길 잃은 세대야." 스타인 선생이 말했다.

"정말요?"

"그래. 자네들은 존중심이란 게 전혀 없어. 죽도록 술만 퍼마시고……"

"그 젊은 정비공이 술에 취해 있었나요?" 내가 물었다.

"당연히 그렇진 않았지."

"그럼 제가 술에 취한 모습을 본 적 있으세요?"

"아니. 하지만 자네 친구들은 취해 있잖아."

"당연히 저도 취한 적이 있어요. 하지만 술에 취한 채로 여기에 오진 않죠."

"물론이지. 누가 그렇댔나."

"아무래도 취한 건 정비소 주인인가 봅니다. 오전 열한 시에 취해 있었으니까 그렇게 멋진 표현을 썼겠지요."

"내 말에 토 달지 마, 헤밍웨이. 그래봤자 소용없으니까. 자네들은 전부 길 잃은 세대야. 정비소 주인의 말이 맞아."

나중에 나는 첫 장편 소설을 쓸 때 스타인 선생이 정비소 주인에게 들은 그 표현과 성경 『전도서』의 구절을 합쳐서 사용했다.

그날 밤 집으로 걸어가는 길에 정비소 청년을 떠올렸다. 어쩌면 그는 군용 차량을 개조한 구급차에 실려 이송된 적이 있지 않았을까. 나는 부상자를 가득 태운 구급차로 산길을 내려가던 일이 떠올랐다(헤밍웨이는 제1차 세계 대전 때 이탈리아 전선에서 적십자 구급차 운전

사로 활약했다-옮긴이). 길이 워낙 험난하고 가팔라서 브레이크가 과열될 정도로 연신 급브레이크를 밟았더랬다. 저속으로 브레이크를 밟는 걸로도 부족해서 결국에는 후진 기어까지 써야만 했다. 나중에는 모두가 내리고 난, 텅 빈 차량을 일부러 산비탈 아래로 떨어뜨리고는 튼튼한 H형 변속 기어와 금속제 원판 브레이크가 달린 대형 피아트 차량으로 교체 받았다. 나는 스타인 선생의 자기중심적인 성격과 정신적 나태함을 셔우드 앤더슨의 절제력과 비교해 보았다. 도대체 누가 누구를 길 잃은 세대라고 하는 걸까?

라 클로즈리 데 릴라La Closerie des Lilas 카페를 향해 걸어가자 오랜 친구 같은 미셸 네 장군의 청동 동상이 나왔다. 검을 뽑아 든 동상에 가로등이 비치고 나무의 그림자가 드리워졌다. 네 장군은 워털루 전투에서 완전히 패배했고 부하들이 모두 죽고 혼자 남았었다. 문득 이런 생각이 들었다. 모든 세대는 무언가에 의해 길을 잃은 세대가 되었다고. 지금까지 늘 그랬고 앞으로도 그럴 것이다. 카페 바로 옆에 서 있는 동상에 잠시 멈추어 네 장군과 잠깐 있어 주었다. 제재소 위의 아파트로 돌아가기 전, 카페에서 차가운 맥주를 마시기로 했다. 맥주를 앞에 두고 앉아 동상을 바라보았다. 네 장군은 나폴레옹이 콜랭쿠르 장군과 함께 마차를 타고 떠난 후에도 모스크바에서 퇴각하며 후위 부대와 함께 며칠이나 싸웠다. 그 사실이 떠오르자, 스타인 선생이 따뜻하고 다정한 친구라는 생각이 들었다. 그녀가 기욤 아폴리네르에 대해서 들려준 훌륭한 이야기도 떠올랐다. 아폴리네르는 제1차 세계 대전 종전을 코앞에 두고 세상을 떠났는데, 죽음을 앞두고 정신 착란 상태에 빠진 그는 밖에서 군중이 기뻐하며 "빌헬름(프로이센 국왕 겸 독일 황제 빌헬름 2세를 가리킨다-옮긴이)을 타도하라!"라고 외치는 소리를 "기욤을 타도하자!"라고 외치는 것으로 생각했다. 나는 앞으로 스타인 선생이 잘한 일은 인정받을 수 있도록 최대한 돕기로 결심했다. 신과 네 장군께서 도와주시기를. 하지만 그녀가 언급한 길 잃은 세대처럼 세상이 너무도 쉽게 갖다 붙이는 비열한 꼬리표만큼은 받아들일 수 없었다. 아파트에 도착해 안뜰을 지나 계단을 올라 집으로 갔다. 아내와 아들, 고양이 F. 푸스가 난롯가에 앉아 있었고 모두 행복해 보였다. 나는 아내에게 말했다. "어쨌거나 거트루드는 좋은 사람이야."

"그럼요, 타티."

"하지만 헛소리를 많이 하는 건 사실이야."

"그분은 저한텐 아예 말을 안 걸어요. 난 아내니까요. 그분의 친구만 나에게 말을 걸죠."

가난한 소설가를 위한 서점

그 시절에는 책 살 돈이 없어서 셰익스피어 앤드 컴퍼니에서 책을 빌려 읽었다. 오데옹 거리 12번지에 있는 그곳은 실비아 비치가 운영하는 서점 겸 도서 대여점이었다. 차가운 바람이 부는 겨울 거리에서 그곳은 커다란 난로가 있는 따뜻하고 활기 넘치는 장소였다. 테이블과 책이 꽂힌 선반이 있고 창가에는 신간이 진열되어 있으며 벽에는 이미 세상을 떠났거나 살아 있는 유명 작가들의 사진이 걸려 있었다. 사진들은 모두 스냅 사진처럼 보였는데, 이미 세상을 떠나고 없는 작가들도 이 세상에 살아 있는 사람들처럼 느껴졌다. 실비아는 이목구비가 뚜렷한, 얼굴에 활기가 넘치는 사람이었다. 갈색 눈은 작은 동물처럼 반짝거리고 어린아이처럼 초롱초롱했다. 예쁜 이마가 드러나게 빗어 넘긴 풍성한 갈색 곱슬머리는 귀밑, 그러니까 갈색 벨벳 재킷의 칼라 선에 닿는 길이로 잘려 있었다. 그녀는 다리가 예뻤고, 친절하고, 쾌활하고, 호기심이 많았으며 농담과 수다를 좋아했다. 단언컨대 그녀만큼 나에게 잘해 준 사람은 없었다.

처음 그 서점에 들어갔을 때는 무척 쑥스러웠다. 도서 대여점을 이용할 돈조차 주머니에 들어 있지 않았다. 하지만 실비아는 예치금은 돈이 생기면 아무 때나 내라면서 대여 카드를 만들어 주고 원하는 만큼 얼마든지 빌려 가라고 했다.

그녀가 나를 믿어 줄 이유 따위는 없었다. 그녀는 나라는 사람을 알지 못하는 데다 내가 그녀에게 준 주소, 카르디날 르무안 거리 74번지는 무척 가난한 동네였다. 하지만 그녀는 유쾌하고 매력적이며 호의적이었다. 그녀 뒤쪽의 건물 안뜰로 이어지는 안쪽 방에는 책이 가득 꽂힌, 천장에 닿을 만큼 키 큰 선반들이 즐비했다.

첫날 나는 투르게네프의 『사냥꾼의 수기』 두 권과 D. H. 로렌스의 초기 작품을 빌렸다. 『아들과 연인』이었던 것 같다. 실비아는 원하면 더 빌려 가라고 했다. 그래서 나는 콘스탄스 가넷이 번역한 톨스토이의 『전쟁과 평화』, 도스토옙스키의 『노름꾼과 기타 단편 모음집』을 추가로 골랐다.

"이걸 다 읽으려면 다시 들르기까지 시간이 꽤 걸리겠어요." 실비아가 말했다.

"예치금을 내러 들르겠습니다. 집에 돈이 있어요."

"그런 뜻은 아니었는데. 돈은 형편이 될 때 내도 괜찮아요."

"조이스 씨는 언제 오시나요?" 내가 물었다.

"보통은 오후 늦게 오시는 편이에요. 조이스 씨를 한 번도 본 적 없으세요?"

"미쇼에서 가족과 식사하시는 걸 본 적이 있습니다. 하지만 식사 중인데 들어가서 아는 체하는 건 예의가 아니잖아요. 게다가 미쇼는 비싼 식당이고요."

"집에서 요리해 드시는 편인가요?"

"요즘은 그런 편입니다. 훌륭한 요리사가 있어요."

"사시는 동네엔 레스토랑이 하나도 없죠?"

"네, 어떻게 아십니까?"

"라르보 씨가 거기 살았거든요. 그것만 제외하면 아주 마음에 드는 동네라고 했어요."

"가장 가까운 맛있고 저렴한 식당은 팡테옹 근처예요."

"그쪽 동네는 잘 몰라요. 저도 집에서 식사를 한답니다. 언제 부인과 함께 오세요."

"일단은 제가 예치금을 낼 때까지 기다려 주세요. 어쨌든 초대 감사합니다."

"너무 빨리 읽지 마세요." 그녀가 말했다.

카르디날 르무안 거리에 있는 우리 집은 방 두 개짜리 아파트였다. 온수도 나오지 않고 집안에 화장실도 없으며 소독 가능한 오수통뿐이었지만 미시간의 옥외 변소에 익숙한 사람에게는 전혀 불편하지 않았다. 그래도 전망이 좋고, 바닥에 놓인 스프링이 튼튼한 매트리스가 편안한 잠자리를 제공하고, 벽에는 우리 부부가 좋아하는 그림이 걸린 쾌적하고 즐거운 아파트였다. 빌린 책을 들고 집으로 돌아가 아내에게 새로 알게 된 그 멋진 서점에 대해 이야기했다.

"타티, 그래도 오늘 오후에 가서 돈을 내고 와요." 아내가 말했다.

"당연히 그래야지. 같이 가. 서점에 들렀다가 센강 변에서 산책하면 되겠어."

"센 거리를 걸으면서 갤러리와 상점들을 밖에서 구경해요."

"좋아. 아무 데나 걷다가 아는 사람 없는 새로운 카페에 들러서 한잔해도 좋고."

"두 잔 마셔도 되고요."

"그다음에는 어디든 가서 식사도 하지."

"안 돼요. 도서 대여점에 돈 내는 게 우선이에요."

"그럼, 밥은 집에 와서 먹어. 창가에서 바로 보이는 길 건너편의 협동조합에서 본느 와인을 사 와서 마시지. 창문에 가격이 적혀 있어. 그다음에는 책을 읽다가 침대로 가서 사랑을 나누는 거야."

"평생 서로만 사랑하는 거예요."

"물론이지."

"정말 멋진 오후와 저녁이 되겠어요. 이제 점심 먹어요."

"배가 고프네. 카페에서 크림 넣은 커피만 마시고 일했더니."

"일은 어땠어요, 타티?"

"잘된 것 같아. 희망 사항이지만. 점심 메뉴는 뭐야?"

"래디시 약간이랑, 매시트 포테이토를 곁들인 신선한 송아지 간 요리, 그리고 엔다이브 샐러드예요. 디저트는 애플 타르트고요."

"앞으로 어떤 책이든 다 읽을 수 있어. 여행 갈 때 가져갈 수도 있을 거야."

"정말요?"

"물론이지."

"거기 헨리 제임스의 책도 있어요?"

"물론이지."

"세상에. 그런 곳을 알게 되다니 우린 운이 좋아요."

"우린 언제나 운이 좋지." 하지만 나는 바보처럼 부정 타지 않고 행운이 지속되기를 바라는 의미에서 나무를 두드리는 걸 깜빡하고 말았다. 집안에 널린 게 온통 나무였는데도 말이다.

센강은 고독해

카르디날 르무안 거리의 꼭대기에서 센강으로 내려가는 길은 여러 군데가 있었다. 가장 짧은 길은 일직선으로 쭉 내려가는 거지만 경사가 심했다. 평평한 길에 이르러 혼잡한 생 제르맹 대로의 초입을 건너면 칙칙한 풍경이 나왔다. 바람 부는 음산한 강둑이 쭉 펼쳐지고 오른쪽으로는 와인 도매 시장이 있었다. 파리의 여느 시장들과 다른 그곳은 세금이 부과되지 않는 와인을 저장해두는 보세 창고 같은 곳이었다. 밖에서 보면 군수 창고나 포로수용소처럼 음산하기 짝이 없었다.

센강의 건너편에는 좁은 거리와 높고 아름다운 고택들이 들어선 생 루이섬이 있었다. 그쪽으로 넘어갈 수도 있지만 왼쪽으로 돌아 생 루이섬을 따라서 부둣가를 내려갈 수도 있었다. 반대편은 노트르담과 시테섬이었다.

강변을 따라 늘어선 헌책방들에서는 나온 지 얼마 안 된 따끈한 미국 신간을 싼값에 건질 수도 있었다. 투르 다르장 레스토랑의 위층에는 손님들에게 빌려주는 방이 몇 개 있었다. 방에 묵는 손님들은 레스토랑을 이용할 때 할인을 받았다. 그들이 방에 놓고 가는 책은 직원이 바로 근처의 강변 헌책방에 팔았다. 그래서 헌책방 여주인에게 단돈 몇 프랑만 치르면 그런 책을 살 수 있었다. 여주인은 영어로 된 책은 별 가치가 없다고 생각해서 헐값에 사들여 이문을 아주 조금만 남기고 빨리 팔아 치웠다.

어느 정도 친분이 쌓이자, 그녀가 나에게 물었다. "읽을 만해요?"

"읽을 만한 것들도 가끔 있어요."

"그걸 어떻게 알아요?"

"읽어 보면 알 수 있죠."

"역시 영어책을 파는 건 도박이나 마찬가지군요. 영어를 읽을 줄 아는 사람이 많지도 않고."

"그럼, 영어책은 팔지 말고 뒀다가 저한테 보여 주세요."

"안 돼요. 그냥 놔둘 순 없어요. 당신이 자주 오는 것도 아니고. 한참 안 올 때도 있잖아요. 가능한 한 빨리 팔아야 해요. 가치 있는 책인지 아무도 모를 때 팔아 치워야죠. 결국 가치가 없다고 결론이 나면 영영 안 팔릴 테니까."

"그럼, 프랑스어로 된 책은 가치가 있는지 어떻게 알 수 있죠?"

"우선 그림이 들어가요. 그다음에 중요한 건 그림의 질이고요. 좋은 책이라면 분명 주인이 제대로 제본을 해 놓았을 거예요. 영어로 된 책은 전부 제본은 되어 있지만 그 질이 형편없어요. 제대로 판단할 방법이 없죠."

투르 다르장 옆의 헌책방을 지난 다음에는 그랑 조귀스탱 부두까지 가야만 미국 책과 영국 책을 취급하는 책방이 나왔다. 거기에서부터 볼테르 부두를 지나서까지는 센강 좌안에 있는 호텔 직원들에게 사들인 책을 파는 책방이 몇 군데 있었다. 그중에서도 특히 볼테르 호텔에는 부유층이 묵었다. 어느 날 친해진 또 다른 헌책방 여주인에게 책 주인이 직접 책을 파는 경우도 있는지 물어보았다.

"아뇨. 전부 버려진 책들이에요. 가치 없는 책이라는 뜻이죠."

"친구들이 배에서 읽으라고 준 걸 거예요."

"글쎄요. 그럼, 배에도 놓고 가는 책이 많겠네요."

"그렇죠. 사람들이 놓고 간 책을 제본해서 배 안에 모아 도서관을 만들죠."

"아주 똑똑하네요. 적어도 제본은 제대로 되어 있겠어요. 그러면 가치 있는 책이 되는 거죠."

나는 일을 끝낸 후나 뭔가 생각할 거리가 있을 때면 부둣가를 걷곤 했다. 걸으면서 뭔가를 하거나 사람들이 아주 능숙하게 뭔가를 하는 모습을 보면 머리가 잘 돌아갔다. 앙리 4세 동상이 있는 퐁뇌프 다리 아래의 시테섬 맨 앞쪽은 뾰족한 뱃머리 같은 모양으로 섬이 끝나는데, 강가에 작은 공원이 있었다. 가지가 우거진 크고 멋진 밤나무들이 있고, 센강의 강물이 흐르는 후미에 낚시하기 좋은 장소들이 있었다. 공원으로 가는 계단을 내려가면 커다란 다리 아래로 낚시꾼들이 보였다. 강의 수위에 따라 낚시 명당이 바뀌었다. 낚시꾼들은 마디가 울퉁불퉁한 기다란 대나무 낚싯대를 사용했다. 아주 가느다란 목줄, 가벼운 장비, 새의 깃털로 만든 찌가 있었다. 그들은 전문가처럼 아주 능숙하게 적당한 지점을 골라서 미끼를 던졌다. 빈손으로 돌아가는 일이 절대로 없었다. 대개는 황어 비슷한 모샘치를 잔뜩 낚았다. 그 생선은 통째로 튀기면 한 접시 해치우는 것은 일도 아닐 만큼 맛이 좋았다. 살이 통통하고 단맛이 났으며 신선한 정어리보다도 맛있었다. 또한, 기름지지 않고 담백해서 뼈까지 다 먹었다.

가장 맛있는 모샘치 요리를 파는 곳은 강 위쪽에 있는 바 뫼동의 노천 식당이었다. 우리 부부는 다른 동네로 외출할 돈이 있으면 종종 그 식당에 들렀다. 식당 이름은 기적의 낚시La Pêche Miraculeuse였는데, 뮈스카데의 일종인 아주 맛있는 화이트 와인을 팔았다. 시슬레의 그림에서처럼 강이 내려다보이는 전망이었고 모파상의 단편에 나올 법했다. 하지만 모샘치를 먹으러 그렇게 멀리까지 갈 필요는 없었다. 생 루이섬에서도 아주 맛있는 모샘치 튀김을 먹을 수 있었다.

나는 생 루이섬과 베르갈랑 광장 사이에 있는 센강의 낚시 명당을 찾는 강태공들을 몇 명 알고 있었다. 날씨 좋은 날에는 와인 1리터와 빵, 소시지 약간을 사 들고 가서 햇살을 받으며 책을 읽고 낚시도 구경했다.

여행 작가들은 센강에서 낚시하는 사람들이 아무것도 낚지 못하는 정신 나간 사람들인 것처럼 묘사하지만, 실제로는 다들 진지하게 낚시했고 수확도 있었다. 낚시꾼들은 대부분 얼마 되지 않는 연금으로 살아가는 남자들이거나(당시 그들은 자신들의 연금이 인플레이션으로 가치가 떨어지게 된다는 걸 모르고 있었다) 하루 또는 반나절 일을 쉴 때마다 낚시터를 찾는 낚시광들이었다. 마른강이 센강으로 흘러 들어오는 샤랑통이 낚시하기에는 더 좋았지만, 파리에서 낚시하는 사람들 자체가 많았다. 나는 낚시를 하지 않았다. 낚시 도구도 없었고, 돈을 모아 스페인에 가서 하는 게 더 좋았다. 게다가 일이 언제 끝날지, 언제 출장을 가게 될지 모르니 좋은 물때가 따로 있는 낚시를 시작하고 싶지 않다는 이유도 있었다. 하지만 관심은 많아서 항상 유심히 지켜보았다. 낚시는 알수록 흥미롭고 재미있는 분야였다. 진지하고 건전하게 낚시를 즐기고 튀겨 먹을 생선 몇 마리를 가족들에게 가져가는 도시 낚시꾼들을 생각하면 기분이 좋아졌다.

강가에 있으면 절대로 외롭지 않았다. 낚시꾼들을 비롯한 사람들, 화물을 싣고 다니는 아름다운 바지선, 다리를 지날 때 접히는 굴뚝이 달린 바지선을 끄는 예인선, 돌 쌓인 강둑에 늘어선 키 큰 느릅나무와 플라타너스, 가끔 보이는 미루나무. 파리처럼 나무가 많은 도시는 봄이 오는 게 눈에 보인다. 매일 조금씩 다가오다가 어느 날 갑자기 따뜻한 밤바람이 불어온 다음 날 일어나 보면 봄이 와 있다. 하지만 가끔은 차가운 장대비가 봄을 저 멀리 밀어내 버린다. 그러면 봄이 영영 오지 않을 것만 같고 인생의 한 계절을 잃어버린 것처럼 느껴진다. 사실은 그때가 파리에서 유일하게 슬픈 시간이다. 자연의 순리에 어긋나기 때문이다. 보통은 가을이 슬플 거라고 생각하겠지만(나뭇잎이 전부 떨어지고 바람과 차가운 겨울빛에 앙상한 가지만 드러난 나무를 보면서 내 안의 일부가 죽은 것처럼 느껴지는 시간이니까), 아니다. 그래도 그때는 얼어붙은 강이 언젠가 녹게 되어 있듯이 언젠가 봄이 오리라는 것을 알 수 있으니까 말이다. 하지만 차가운 비가 성큼 다가온 봄을 막으면 앞날이 창창한 젊은이가 하루아침에 갑자기 요절한 것이나 마찬가지라서 슬퍼진다.

언제나 결국 봄은 오고야 말았지만 봄이 오지 못할 수도 있었다고 생각하면 등골이 서늘해졌다.

2부

파리를 헤매는 시간

봄날 아침

가짜 봄이라도 일단 봄이 오면 가장 큰 행복을 만끽할 수 있는 장소를 찾는 것이 유일한 고민거리였다. 하루를 망치는 건 사람밖에 없기 때문에 사람들과의 약속만 피할 수 있다면 하루에는 행복의 무한한 가능성이 들어 있다. 봄만큼이나 좋은 극소수의 사람을 제외하면 나머지 사람들은 언제나 행복을 방해하는 요소로 작용했다.

봄날 아침, 나는 아내가 아직 자는 이른 시간에 일을 시작했다. 활짝 연 창문으로 내다보이는 자갈 깔린 거리는 비 온 후에 물기가 마르고 있었다. 비에 젖은 집들의 겉면도 햇살에 말라갔다. 상점들은 아직 덧문이 쳐져 있었다. 염소지기가 피리를 불면서 이쪽 거리로 들어오자, 우리 위층에 사는 여자가 커다란 통을 들고 보도로 나왔다. 염소지기는 젖이 축 늘어진 까만 염소들 중에서 한 마리를 골라 통에 젖을 짰다. 그의 개가 나머지 염소들을 보도로 몰았다. 염소들은 관광객처럼 목을 이리저리 돌리며 주변을 두리 번거렸다. 염소지기는 여자에게 돈을 받고 나서 고맙다고 말하고 는 피리를 불면서 다시 걷기 시작했고, 개가 염소들을 앞쪽으로 몰았다. 염소들의 뿔이 위아래로 흔들렸다. 나는 다시 글을 쓰러 갔고, 여자는 염소젖을 들고 계단을 올라왔다. 그녀는 가벼운 펠 트 천으로 밑창을 댄 청소용 신발을 신고 있어서 계단을 올라와 우리 집 밖에서 멈추었을 때 숨을 헐떡거리는 소리와 문 닫는 소 리만 차례로 들릴 뿐이었다. 우리 아파트에서 염소젖을 사는 사람 은 그녀가 유일했다.

나는 경마 조간신문을 사러 밖으로 나갔다. 아무리 가난한 동 네에 사는 사람이라도 경마 신문을 최소한 한 부는 사기 마련이다. 이런 날에는 서두를 필요가 있었다. 꽁트르스카프 광장 모퉁이에 있는 데카르트 거리에서 겨우 신문을 살 수 있었다. 데카르트 거리 를 내려가는 염소들이 보였다. 염소들을 따라 새벽길을 산책하고 싶은 유혹을 느꼈지만, 공기만 들이마시고 얼른 빠른 걸음으로 되 돌아갔다. 계단을 올라 집으로 돌아가서 일을 마저 끝내야 했다. 하지만 다시 일을 시작하기 전, 신문을 펼치고 말았다. 앙기엥 경 마장에서 경주가 열린다고 했다. 그곳은 작고 아름답지만, 절도가 들끓는 경마장으로 외지인들이 많이 찾았다.

그날 일을 마치고 경마를 보러 가기로 했다. 토론토의 신문사에서 들어온 원고료로 도박을 해 보기로 한 것이다. 아내는 오퇴유 경마장에서 셰브르 도르Chèvre d'Or(프랑스어로 황금 염소라는 뜻-옮긴이)라는 이름의 말에 돈을 건 적이 있었다. 배당률이 무려 120대 1이었고, 우리가 건 말은 20마신(마신은 경주에서 말들 간의 거리를 표현하는 말로 1마신은 말의 코부터 꼬리 끝까지로 보통 8피트[약 2.4미터]로 계산한다-옮긴이)이나 앞서갔는데 마지막 장애물을 넘다가 넘어지고 말았다. 결국 우리는 6개월 동안 저축한 돈을 다 날렸다. 우리는 그 일을 잊어버리려고 노력했다. 그 해 셰브르 도르 전까지만 해도 계속 돈을 따기만 했는데.

"정말 경마에 쓸 돈이 있는 거예요, 타티?" 아내가 물었다.

"아니. 앞으로 아껴서 생활해야지. 혹시 이 돈을 다른 데 쓸 데가 있어?"

"글쎄요."

"나도 알아. 그동안 계속 쪼들렸지. 내가 돈에 관해서 쪼잔하게 굴었고."

"아니에요. 하지만……"

나는 그동안 아내에게 너무 쪼잔하게 굴었고, 우리의 경제적 사정이 정말 좋지 않다는 것을 잘 알고 있었다. 자기가 좋아하는 일을 하면서 만족감을 느끼는 사람은 가난을 개의치 않는 법이다. 우리보다 못한 사람들도 욕조기나 샤워기, 수세식 변기가 있는 집에서 살고, 여행지에서 좋은 것을 많이 누렸다(우리도 여행은 자주 했다). 하지만 그런 것들이야 언제든지 강가의 거리 초입에 있는 대중 목욕탕에 가면 됐다. 아내는 한 번도 그런 것들에 대해 불평한 적이 없었다. 그녀는 셰브르 도르가 쓰러졌을 때 오히려 더 많이 울었다. 그것도 돈 때문이 아니라 말이 가여워서 운 것이었다. 아내가 회색 양가죽 재킷을 사고 싶다고 했을 때 나는 멍청하게도 반대했지만, 일단 사고 난 후에는 내가 더 마음에 들어 했다. 그때 말고도 치사하게 군 적이 많았다. 그게 다 가난과의 싸움 때문이었다. 그 싸움에서 이기는 방법은 되도록 돈을 쓰지 않는 것밖에 없다. 특히 옷 대신 그림을 사는 사람이라면 더더욱 그렇다. 하지만 우리는 스스로 가난하다고 생각하지 않았다. 가난을 인정하지 않았다. 우리는 우리가 남들보다 잘났다고 생각했고, 타당한 이유에서 부자들을 무시하거나 불신했다. 몸을 따뜻하게 하려고 속옷 대신 두꺼운 스웨터를 입는 걸 이상하게 생각한 적도 없었다. 그런 걸 이상하게 생각하는 사람들은 부자들뿐인 것 같았다. 우리는 고급스러운 수준까지는 아니더라도 잘 먹고 잘 마시며 따뜻하게 지냈고 서로를 사랑했다.

"그럼 가요. 경마장에 간 지 오래되기도 했으니까. 점심거리랑 와인을 가져가요. 샌드위치도 맛있게 만들게요."

"기차를 타고 가지. 그게 저렴하니까. 하지만 당신이 가지 말아야 한다고 생각하면 안 가도 돼. 오늘은 뭘 해도 재미있을 거야. 오늘은 좋은 날이니까."

"가는 게 좋겠어요."

"돈을 다른 데 쓰는 게 낫지 않겠어?"

"아니요." 그녀가 사뭇 거만하게 대답했다. 사랑스러운 높은 광대뼈가 도도한 태도에 잘 어울렸다. "우리가 보통 사람은 아니잖아요?"

그렇게 우리는 파리 북역에서 기차를 타고 출발했다. 파리에서도 가장 더럽고 가장 슬픈 동네들을 지났다. 기차에서 내린 뒤에는 측선부터 오아시스와도 같은 경마장까지 걸어갔다. 아직 이른 시간이었다. 우리는 깎은 지 얼마 안 된 경사진 잔디밭에 내 비옷을 깔고 앉았다. 와인을 병째로 마시면서 주변의 풍경을 바라보았다. 지붕이 씌워진 낡은 특별관람석, 갈색 목재로 만든 마권 판매소, 경주로의 초록색 부분, 더 진한 초록색 장애물, 갈색으로 빛나는 물웅덩이, 백색 도료가 칠해진 돌벽, 흰색 기둥과 레일, 새로 잎사귀가 돋아난 나무 아래의 작은 방목장, 가장 먼저 방목장으로 들어가는 경주마들. 와인을 좀 더 마시고는 경마지를 자세히 살폈다. 아내는 비옷 위에 누워서 얼굴에 햇빛을 받으며 잠들었다. 나는 밀라노의 산시로 경마장에서 알게 된 사람을 발견하고 다가갔다. 그가 말 두 마리를 찍어 주었다.

"위험이 좀 크지만, 그런 이유로 망설이지 마세요."

우리는 경마 예산의 절반을 첫 번째 말에 걸었고, 그 말이 우승

했다. 배당률은 12대 1이었다. 말은 장애물을 멋지게 넘었고, 경주로의 바깥쪽에서 선두로 달리며 4마신 차로 가장 먼저 결승선에 들어왔다. 예산의 나머지 절반은 두 번째 말에 걸었다. 그 말은 처음부터 앞으로 박차고 나갔다. 장애물을 다 넘고 평지에 이르러서도 선두를 지켰다. 장애물을 하나씩 넘을 때마다 강력한 우승 후보마가 기수의 채찍질에 거리 차를 좁히며 따라붙었지만, 결국 우리 말은 끝까지 1등을 내어 주지 않았다.

우리는 스탠드 아래에 있는 바에 가서 샴페인을 마시고 배당률이 확정되기를 기다렸다.

"휴, 경마는 정말이지 사람 속을 태워도 너무 태워요. 거의 따라잡힐 뻔했잖아요."

"얼마나 가슴을 졸였는지 지금도 두근거리네."

"배당금이 얼마나 될까요?"

"예상 배당률은 18대 1이었어. 그런데 막판에 돈을 건 사람들이 있을지도 몰라."

말들이 옆을 지나갔다. 우리가 돈을 걸었던 말은 땀에 흠뻑 젖은 채로 콧구멍을 벌렁거리며 숨을 헐떡거렸다. 기수가 말을 쓰다듬었다.

"불쌍해라. 우린 돈만 걸면 되는데." 아내가 말했다.

우리는 말들이 지나가는 걸 보고 샴페인을 한 잔 더 마셨다. 확정 배당률, 즉 환급률은 85였다. 10프랑당 85프랑을 받는다는 뜻이었다.

"막판에 건 사람들이 많은가 봐." 내가 말했다.

어쨌든 우리는 많은 돈을 벌었다. 우리 기준으로는 꽤 큰 돈이었다. 봄도 왔고 돈도 생겼으니 더 이상 바랄 게 없었다. 경마에서 돈을 딴 날에는 각자 당첨금의 4분의 1씩을 가졌고, 남은 절반은 경마 자금으로 남겨두었다. 그 자금은 내가 다른 비용과 따로 아내 모르게 관리했다.

그 해의 또 다른 날, 우리는 여행에서 돌아와 경마장에서 또 운이 좋게 돈을 땄다. 집으로 돌아가는 길, 프뤼니에 들렀다. 창문에 분명하게 표시된 맛있어 보이는 음식들의 가격을 확인하고 안으로 들어가 바 자리에 앉았다.

우리는 굴과 게살에 체리 고추 등을 섞어서 만든 멕시코 요리를 상세르 화이트 와인과 함께 먹었다. 그다음에는 어둑해진 튈르리 정원을 걸었다. 걸음을 멈추고 어두운 정원 너머의 카루젤 개선문을 바라보자, 어둠 뒤쪽으로 콩코르드 광장의 불빛이 빛나고 있었다. 그다음에는 에투알 개선문으로 길게 솟아오른 불빛들을 보았다. 내가 어두운 루브르 박물관 쪽으로 시선을 돌리며 말했다. "세 개의 개선문이 일직선을 이룬다는 게 정말일까? 저 두 개선문하고 밀라노에 있는 시르미오네 개선문이 그렇다잖아."

"모르겠어요, 타티. 사람들 말로는 그렇다니까 그렇겠죠. 기억나요? 눈 덮인 알프스 그랑 생베르나르 고개를 올라갔는데 이탈리아 쪽으로 나갔더니 거긴 봄이었잖아요. 봄 속에서 당신하고 칭크하고 나하고 온종일 아오스타까지 걸어갔죠."

"칭크가 그걸 '등산화 없이 생베르나르 고개 넘기'라고 했잖아. 당신 신발 기억나?"

"내 불쌍한 신발. 카프리랑 같이 밀라노의 갤러리아 쇼핑몰에 있는 비피 레스토랑에서 컵 과일을 먹었던 거 기억해요? 기다란 유리병에 신선한 복숭아와 산딸기가 얼음과 같이 담겨서 나왔죠."

"세 개의 개선문에 대한 의문이 생긴 게 바로 그때야."

"저도 시르미오네 개선문이 기억나요. 저 개선문이랑 비슷했어요."

"에글르의 여관에서 당신과 칭크는 정원에 앉아 책을 읽고 나는 낚시를 했던 것도 기억나?"

"물론이죠, 타티."

눈 녹은 물로 수위가 높아진 좁은 회색빛 론강과 송어가 잡히는 양쪽의 두 지류, 스톡칼퍼 운하와 론 운하가 떠올랐다. 그날 스톡칼퍼 운하는 정말 맑았고, 론 운하는 여전히 탁했다.

"마로니에 나무에 꽃이 피었을 때 내가 짐 갬블이 해 준 등나무 이야기를 들려주었는데 끝내 기억하지 못했던 건?"

"기억나요, 타티. 당신과 칭크는 항상 진실한 글을 쓰는 법에 대해 토론했죠. 꾸미는 게 아니라 있는 그대로 보여 주는 방법을 말이에요. 전부 다 기억나요. 그가 옳을 때도 있고 당신이 옳을 때도 있었어요. 두 사람이 빛과 질감, 모양에 대해 토론하던 것도 기억해요."

이제 우리는 루브르를 지나 튈르리 정원 밖으로 나갔다. 길을 건넌 후 다리에 기대어 강을 내려다보았다.

"우리 셋은 항상 온갖 다양하고도 특정한 주제로 언쟁하고 이야기꽃을 피우며 서로를 놀렸죠. 그 여행에서 우리가 뭘 했는지, 무슨 얘길 했는지, 난 빠짐없이 다 기억나요. 정말 하나도 잊어버리지 않았어요. 당신과 칭크가 얘기할 땐 당연히 나도 대화에 함께 했죠. 스타인 선생의 집에서 아내 취급을 받는 것하고는 달라요." 아내 해들리가 말했다.

"등나무 이야기가 기억났다면 좋았을 텐데."

"중요한 건 그 이야기가 아니라 등나무 자체였어요, 타티."

"내가 에글르에서 산장으로 와인을 가져간 건 기억나? 여관에서 와인을 팔았잖아. 송어랑 같이 마시면 잘 어울린다고. 《가제트 드 루체른》신문으로 싸서 가져갔던 것 같은데."

"시옹산 와인은 더 맛있었죠. 산장으로 돌아가 갱스위치 부인이 송어를 요리해 줬던 거 기억나요? 송어가 정말 맛있었죠, 타티. 우린 시옹산 와인을 마셨고, 테라스에 나가서 송어를 먹었어요. 저 아래로는 산비탈이 있고, 호수가 펼쳐지며 절반쯤 눈에 덮인 당 뒤미디와 호수로 흘러들어 오는 론강 어귀의 나무들이 보였죠."

"겨울과 봄만 되면 칭크가 참 보고 싶어."

"난 항상 그런 걸요. 봄이 다 지난 지금도 그리워요."

칭크는 직업 군인이었고 샌드허스트 육군 사관 학교를 졸업하고 벨기에 몽스 전투에 참여했다. 이탈리아에서 처음 만난 후로 우린 절친한 친구가 되었고, 내가 결혼한 후에는 아내와 셋이서 오랫동안 친하게 지냈다. 그는 휴가를 우리 부부와 함께 보내곤 했다.

"칭크가 내년 봄에 휴가를 받아 보겠다는군. 쾰른에서 보낸 편지가 지난주에 도착했어."

"알아요. 우린 현재에 충실하며 살아가야 해요. 단 한 순간도 그냥 흘려보내선 안 돼요."

"우린 지금 강물이 부벽에 부딪히는 걸 보고 있어. 강을 올려다보면 뭐가 보일까?"

모든 게 다 있었다. 우리의 강과 우리의 도시와 우리 도시의 섬.

"우린 정말 운이 좋아요. 칭크가 꼭 왔으면 좋겠어요. 항상 우릴 챙겨 주잖아요."

"그 친구는 그렇게 생각하지 않을걸."

"당연히 그렇겠죠."

"그 친구는 우리가 다 같이 모험을 한다고 생각하지."

"맞는 얘기예요. 무슨 모험을 하느냐가 중요하죠."

우리는 다리를 건너 우리 집이 있는 쪽 강변으로 넘어갔다.

"또 배고프지 않아? 계속 걸으면서 말했더니."

"배고파요, 타티. 당신은요?"

"근사한 레스토랑으로 가서 맛있는 저녁을 먹지."

"어디요?"

"미쇼 어때?"

"너무 좋죠. 여기에서 금방이에요."

우리는 상점들의 진열창 너머로 사진과 가구들을 구경하면서 생 페르 거리를 지나 자콥 거리 모퉁이까지 걸어갔다. 미쇼 레스토랑에 도착해 밖에 표시된 메뉴를 읽었다. 식당은 빈자리가 없어서 기다려야 했다. 우리는 식사를 끝내고 커피를 마시는 중인 테이블이 있는지 살펴보면서 기다렸다.

걷느라고 배가 꺼진 데다 미쇼가 비싼 레스토랑이라 더욱더 기대에 부풀었다. 예전에 조이스가 가족들과 식사하는 모습을 본 곳이기도 했다. 그때 그와 아내는 벽을 등지고 앉았고, 조이스는 한 손에 든 메뉴판을 두꺼운 안경 너머로 읽고 있었다. 아내 노라는 식욕은 왕성하지만, 입맛이 까다로워 보였다. 아들 조지오는 호리호리한 몸매에 머리를 뒤로 넘긴 멋쟁이 청년이었고, 딸 루치아는 풍성한 곱슬머리의 아직 앳된 티를 벗지 못한 소녀였다. 네 사람 모두 이탈리아어로 대화했다.

나는 자리가 나기를 기다리면서 우리가 다리 위에서 느낀 것이 순수한 배고픔인지, 아니면 어떤 갈망인지 궁금해졌다. 아내에게 물었더니 이렇게 말했다. "글쎄요, 타티. 배고픔에는 여러 종류가 있잖아요. 봄에는 더 많은 배고픔이 있고요. 하지만 이제 봄은 지나갔어요. 기억도 배고픔이에요."

그때 레스토랑 창문을 통해 테이블로 옮겨지는 투르네도 tournedos(소고기 안심을 잘라 실로 묶어 모양을 동그랗게 잡은 소 안심-옮긴이) 두 접시가 보였다. 순간 내가 바보 같았다는 걸 깨달았다. 내 배고픔은 진짜 배가 고픈 거였다는 걸.

"당신은 오늘 우리가 운이 좋았다고 했지. 물론 운이 좋았어. 하지만 아주 훌륭한 조언과 정보를 얻은 덕분이야."

아내가 웃었다.

"경마 때문에 운이 좋다고 한 게 아니었어요. 당신은 너무 문자 그대로 받아들여서 탈이라니까요. 경마가 아니라 다른 쪽으로 운이 좋다는 말이었어요."

"칭크는 경마를 좋아하지 않을 것 같은데." 내가 또다시 어리석음을 보탰다.

"그럴 거예요. 본인이 직접 말을 탄다면 모를까."

"앞으로는 경마장에 가고 싶지 않아?"

"가고 싶죠. 이젠 가고 싶을 때 언제든지 갈 수 있잖아요."

"정말 가고 싶어?"

"물론이죠. 당신은 아니에요?"

우리는 미쇼에 입장해서 근사한 식사를 즐겼다. 식사를 끝내고 분명히 배고픔이 충족되었는데도 다리 위에서 느낀 배고픔은 집으로 가는 버스를 탔을 때도 여전히 남아 있었다. 집에 도착했을 때도, 잠자리에 누워 어둠 속에서 사랑을 나눈 후에도 사라지지 않았다. 눈을 떴을 때 열린 창문 사이로 높은 집들의 지붕을 비추는 달빛을 볼 때도 그대로 있었다. 나는 달빛을 피해 어두운 쪽으로 얼굴을 돌렸지만 좀처럼 잠이 오지 않았다. 뜬눈으로 누워서 계속 그 생각을 했다. 둘 다 밤에 두 번 깼고, 이제 아내는 얼굴에 달빛을 받으며 곤히 잠들었다. 생각을 정리하려고 했지만, 자신의 어리석음만 느껴질 뿐이었다. 이 봄이 가짜라는 사실을 알아차리고 염소 떼를 몰고 다니는 염소지기의 피리 소리를 듣고 밖으로 나가 경마 신문을 샀던, 그날 아침까지만 해도 인생이 단순하게만 느껴졌는데.

하지만 파리는 아주 오래된 도시이고, 우리는 아직 젊었다. 결코 그 무엇도 단순할 수가 없었다. 가난도, 갑자기 생긴 돈도, 달빛도, 옳고 그름도, 옆에서 달빛을 받으며 누워있는 사람의 숨소리조차도.

경주마에 거는 도박

그 해에도, 그 이후로 여러 해 동안에도 내가 이른 아침에 일을 끝내면 우리는 함께 경주하러 가곤 했다. 아내 해들리는 경주하는 걸 아주 좋아했다. 지나치게 즐길 때도 있었다. 경주하는 건 가장 높은 산봉우리에 펼쳐진 초원을 오르는 것도, 밤중에 산장으로 돌아오는 것도, 가장 친한 친구 칭크와 함께 외국의 높은 고개를 오르는 것도 아니었다. 사실은 경주라는 말 자체가 잘못된 표현이었다. 정확하게는 경주마에 거는 도박이었다. 그런데도 우리는 '경주하러 간다'는 표현을 썼다.

경마는 우리 사이를 갈라놓지 않았다. 사람 사이를 갈라놓을 수 있는 건 사람뿐이다. 경마는 마치 까다로운 친구처럼 우리 곁에 가까이 머물렀다. 이 정도면 아주 후하게 표현한 것이다. 나는 사람이나 사람의 파괴적인 영향력에 대해서는 깐깐하게 굴면서도 가장 거짓되지만 가장 아름답고 흥미로우며 가장 사악하고 바라는 게 많은 친구와도 같은 경마는 금전적 이득을 준다는 이유로 너그럽게 봐주었다. 하지만 경마에서 이득을 얻으려면 그게 직업이라도 되는 것처럼 온 정신을 집중해야 하는데 나에게는 그럴 시간이 없었다. 하지만 어차피 글쓰기에 필요하다고 스스로에게 핑계를 댔다. 사실 경마를 소재로 쓴 단편들은 원고를 전부 잃어버리는 바람에 우편으로 보냈다가 반송된 것만 딱 하나 남았다.

나는 혼자 경마장을 찾는 일이 더 많아졌고, 경마에 너무 깊이 빠져들었다. 시간 날 때마다 경마장 두 곳, 오퇴유와 앙기엥에 갔다. 똑똑하게 승자를 예측하려면 온종일 매달려야 했지만, 그런 식으로는 돈을 벌기가 어려웠다. 이론상으로만 통하는 방법이었다. 그런 정보는 신문에서도 쉽게 얻을 수 있었다.

오퇴유 경마장에서는 관람석 맨 위에서 장애물 경기를 봤다. 거기로 빠르게 올라가서 말 한 마리 한 마리가 어떻게 하고 있는지를 살폈다. 강력한 우승 후보였던 말이 이기지 못하면 그 원인을 분석하는 작업에 돌입했다. 돈을 걸 때는 배당률을 확인하고, 내가 찍은 말이 경주에 처음 나올 때 배당률이 얼마나 오르는지 주시하고, 그 말의 경기 내용을 살피며 마지막으로 그 말이 언제 경주에 나오는지 알아야 했다. 경주에 나와도 이기지 못할 수 있다. 하지만 그때쯤이면 말의 승률이 얼마나 되는지 알 수 있다. 할 일도 많고 힘들었지만 오퇴유에서 훌륭한 말들이 멋진 경주를 펼치는 모습을 보는 게 좋았다. 게다가 경주로에 대해 속속들이 파악할 수 있게 되었다. 기수와 조련사, 말 주인들을 포함해 수많은 사람과 안면을 트게 되었고, 너무 많은 것, 너무 많은 말을 알게 되었다.

돈을 걸 만한 말이 있을 때 돈을 거는 것이 내 원칙이었다. 그런데 가끔 기수와 조련사 외에는 아무도 우승 가능성이 있다고 생각하지 않는 말에 돈을 걸었는데 우승하는 경우가 있었다. 하지만 시간을 너무 많이 빼앗겨서 결국에는 경마를 그만두었다. 너무 깊이 빠져들다 보니 앙기엥과 평평한 경마장에서 일어나는 일에 대해 너무 많은 걸 알게 되었다.

경마 분석을 그만두었을 때 잘 되었다는 생각이 들었지만, 마음이 공허해졌다. 좋든 나쁘든 모든 것의 끝은 공허함을 남긴다는 걸 이미 잘 알고 있었다. 나쁜 것이 끝났을 때는 공허함이 저절로 채워진다. 하지만 좋은 것이 끝났을 때는 더 좋은 것을 찾아야만 채워질 수 있다. 따로 관리하던 경마 자금을 일반 생활비에 넣어두니, 기분이 좋고 편안해졌다.

경마를 끊은 날 센강의 반대편으로 건너가 이탈리앙 대로의 이탈리앙 거리 모퉁이에 있는 개런티 트러스트 은행의 여행 창구에서 일하는 친구 마이크 워드를 만났다. 나는 경마 자금을 계좌에 따로 넣어 두고 있다는 사실을 아무에게도 말하지 않았다. 그냥 머릿속으로만 기억하고 수표책에 적어 두지 않았다.

"점심 먹으러 갈까?" 내가 마이크에게 물었다.

"좋지. 시간 괜찮아. 그런데 무슨 일 있어? 경마장에는 안 가고?"

"안 가."

우리는 루부아 광장에 있는 평범하지만, 솜씨 좋은 식당에서 근사한 화이트 와인을 곁들여 식사를 했다. 광장 맞은편에는 국립 도서관이 있었다.

"자네는 경마장에 자주 안 가지?" 내가 물었다.

"응. 안 간 지 꽤 오래됐어."

"왜 그만뒀어?"

"나도 몰라. 아니, 알아. 돈을 걸어야만 쾌감을 느낄 수 있는 것들은 감상할 가치가 없어서야."

"그럼 경마장에는 아예 안 가는 거야?"

"가끔 큰 경주는 보러 가지. 멋진 말들이 나오는 경주 말이야."

우리는 맛있는 빵에 파테를 발라서 먹고, 화이트 와인을 마셨다.

"예전엔 경마에 빠졌던 건가, 마이크?"

"그렇지."

"그럼 감상할 가치가 있는 게 뭔데?"

"자전거 경주."

"정말인가?"

"돈을 걸 필요가 없어. 그냥 보기만 하는 거야."

"경마는 시간을 많이 잡아먹어."

"너무 많이 잡아먹지. 시간을 전부 다 쏟아부어야 하지. 난 경마장 사람들도 싫어."

"난 아주 푹 빠졌었어."

"그래. 이젠 정말로 그만뒀나?"

"그래."

"끊길 잘했어." 마이크가 말했다.

"정말 끊었어."

"쉽지 않지. 나중에 자전거 경주를 같이 보러 가세."

자전거 경주는 내가 잘 알지 못하는 새롭고 멋진 분야였다. 하지만 나는 그 취미를 바로는 아니고 시간이 흐른 뒤에 시작했다. 경륜은 나중에 파리 생활의 1막이 실패로 돌아간 후, 내 삶의 큰 부분이 되었다.

한동안 경마장을 멀리하면서 일상의 반경에만 머무르는 것으로 충분했다. 내 삶과 일, 그리고 내가 아는 화가들에게 배팅할 뿐, 도박을 다른 이름으로 부르거나 생계 수단으로 삼지 않으려고 노력했다. 자전거 경주에 관한 단편을 많이 쓰기 시작했지만, 좀처럼 좋은 작품이 나오지 않았다. 그 이유는 자전거 경주가 실내와 야외, 즉 도로에서 이루어지기 때문이었다. 하지만 언젠가는 벨로드롬 디베르 실내 경기장에 대해 쓸 것이다. 그곳에는 오후의 뿌연 햇살, 옆으로 쓰러질 듯 기운 목재 트랙, 선수들이 지나가면서 바퀴가 나무에 스쳐서 내는 윙윙 소리, 오르막길과 내리막길을 지날 때 선수들이 자전거와 하나 되어 펼치는 노력과 기발한 전술이 있다. 드미퐁 경주에 대해서도 쓸 것이다. 그 경주는 유도하는 사람들이 모터사이클을 타고 먼저 출발한다. 유도자들은 묵직한 헬멧에 거추장스러운 가죽옷 차림으로 몸을 뒤로 젖히고 달리는데 이렇게 함으로써 뒤에서 바짝 따라오는 선수들을 공기 저항으로부터 막아 준다. 자전거를 탄 선수들은 가벼운 헬멧을 쓴 채로 핸들 위로 몸을 바짝 숙이고 두 다리로 페달을 밟는다. 자전거의 작은 앞바퀴가 바로 앞에서 공기 저항을 막아주는 모터사이클과 접촉하면서 달린다. 언젠가는 가장 흥미진진한 2인조 자전거 경주에 대한 이야기도 쓸 것이다. 모터사이클의 통통거리는 엔진 소리와 함께 두 선수가 팔꿈치와 자전거 바퀴가 서로 맞닿은 채 엄청난 속도로 경사진 트랙을 돈다. 둘 중 한 명이 속도를 따라잡지 못하고 떨어져 나가 공기의 벽에 부딪힌다.

　자전거 경주는 종류가 무척이나 많았다. 예선이나 매치 레이스로 벌어지는 직선 단거리 경주에서는 두 선수가 한동안 서로 앞서 나가지 않으려고 자전거를 나란히 맞추며 천천히 돌다가 마지막에 온 힘을 다해 박차고 나간다. 오후 내내 벌어지는 일련의 예선 경기에서 전속력으로 질주하는 두 시간짜리 팀 경기 프로그램, 한 사람이 한 시간 동안 시간을 재며 혼자 외롭게 전속력으로 달리는 경기, 버펄로 경기장의 옆으로 기운 500미터 목재 트랙에서 100킬로미터를 달리는 지극히 위험하고도 멋진 경기도 있었다. 몽루주의 야외 경기장에서는 자전거들이 대형 모터사이클들을 뒤따라 달렸다. 원주민 부족을 연상시키는 옆모습 때문에 '수Sioux'라고 불리는 위대한 벨기에 챔피언 리나르는 경기 후반부에 무서운 속도로 달리다가 고개를 숙이고는 경기용 셔츠 속에 든 보온병에 연결된 고무 튜브로 체리 브랜디를 빨아 마셨다. 오퇴유 근처의 프랑스 공원에 있는 가장 위험한 트랙인 660미터짜리 시멘트 트랙에서 열린 프랑스 선수권 대회를 본 적도 있다. 위대한 선수 가네가 넘어지면서, 마치 소풍에서 삶은 달걀을 돌에 부딪혀 깰 때 내는 소리처럼 헬멧 쓴 그의 두개골이 박살 나는 소리가 들렸다. 6일 동안 벌어지는 이상한 경기와 산에서 열리는 경이로운 산악자전거 경기에 대한 글도 써야겠다. 하지만 자전거 경주 이야기는 프랑스어가 아니면 제대로 쓸 수 없을 것이다. 용어들이 다 프랑스어라서 다른 언어로는 쓰기가 어렵다. 마이크의 말대로였다. 자전거 경주는 돈을 걸 필요가 없었다. 아무튼 파리에서 경륜을 즐기게 된 건 좀 더 이후의 일이었다.

배고픔에 대한 생각

파리에서는 제대로 챙겨 먹고 다니지 않으면 배고픔을 참기가 무척 어렵다. 빵집마다 진열창에 맛있는 빵이 넘쳐나고 거리의 야외석에서 사람들이 뭔가를 먹고 있다 보니, 항상 음식을 보고 음식 냄새를 맡게 된다. 특파원 일도 그만두고 글이 미국에 팔리지도 않던 시절, 집에는 점심 약속이 있다 둘러대고 가기에 가장 좋은 곳은 뤽상부르 공원이었다. 옵세르바투아르 광장에서 보지라르 거리까지 가는 길 내내 누가 뭔가를 먹는 모습을 볼 일도 없고 음식 냄새도 나지 않는다. 그곳에 가면 늘 뤽상부르 박물관을 찾았다. 뱃속이 텅 비고 배가 고플 때면 그림들이 더 예리하고 선명하며 아름답게 보였다. 나는 배고플 때 세잔의 그림을 더 잘 이해할 수 있었다. 그가 어떻게 저런 풍경을 그려 냈는지 진정으로 알 것 같았다. 세잔도 저 그림을 그릴 때 배가 고팠을지 궁금했다. 만약 배가 고팠다면 먹는 것을 잊어버렸기 때문이리라. 잠이 부족하거나 배가 고플 때면 그렇듯, 이렇게 별로 건전하지는 않지만 깨달음을 주는 생각이 떠올랐다. 나중에는 세잔이 다른 형태의 배고픔을 느꼈을 거라는 생각이 들었다.

뤽상부르에서 나오면 좁은 페루 거리에서 생 쉴피스 광장까지 걸어갔다. 벤치와 나무가 있는 조용한 광장뿐, 거기에도 음식점은 없었다. 사자상 분수가 있고 비둘기들이 보도 위를 돌아다니거나 주교들의 동상 앞에 앉아 있었다. 교회도 있고 광장 북쪽으로는 종교 관련 물건들과 제의 같은 것을 파는 상점들이 있었다.

이 광장에서 강 쪽으로 가려면 과일, 채소, 와인을 파는 상점들이나 빵과 페이스트리를 파는 빵집을 지나쳐야만 했다. 하지만 길을 신중하게 고르면 음식점을 많이 지나치지 않을 수 있었다. 오른편으로 회색과 흰색의 돌로 된 교회를 돌아 오데옹 거리에 이르러 실비아 비치의 서점을 향해 우회전하면 되었다. 오데옹 거리에는 식당 세 곳이 있는 광장이 나올 때까지 음식점이 거의 없었다.

오데옹 거리 12번지에 닿을 무렵이면 배고픔은 어느 정도 가라앉지만, 모든 감각이 다시 예민해졌다. 사진들이 다르게 보이고, 전에 한 번도 본 적 없는 책들이 눈에 띄었다.

"너무 말랐네요, 헤밍웨이. 식사는 제대로 하고 있나요?" 실비아가 말했다.

"그럼요."

"점심으로 뭘 먹었어요?"

배속이 배고픔으로 요동쳤지만 이렇게 대답했다. "지금 집에 가서 먹으려고요."

"지금 세 시인데요?"

"벌써 시간이 그렇게 됐는지 몰랐어요."

"아드리엔이 당신과 해들리를 저녁 식사에 초대하고 싶대요. 파르그도 초대할 거예요. 당신도 파르그 좋아하죠? 라르보도 초대할 것 같고요. 라르보는 당신이 좋아하는 거 알아요. 아니면 당신이 정말로 좋아하는 사람을 불러도 되고요. 해들리한테 전해줄래요?"

"해들리도 좋아할 겁니다."

"내가 해들리한테 전갈을 보낼게요. 제대로 챙겨 먹지도 않고, 그렇게 일만 하진 마세요."

"알았어요."

"얼른 집에 가 보세요. 점심 식사 늦을라."

"제 몫을 남겨둘 거예요."

"식은 음식을 먹으면 안 되죠. 따뜻할 때 먹어요."

"혹시 저한테 온 우편물이 있나요?"

"없는 것 같은데, 다시 확인해 볼게요."

그녀는 쪽지 하나를 발견하더니 기쁜 표정으로 책상 서랍을 열었다.

"제가 외출했을 때 온 게 있네요." 편지였는데 안에 돈이 든 것 같았다. "베데어코프 씨한테 온 거예요." 실비아가 말했다.

"독일 문학 평론지《데어 크베어슈니트》에서 온 거네요. 베데어코프 씨를 보셨나요?"

"조르주랑 같이 왔었는데 보진 못했어요. 곧 만나게 될 거예요. 걱정하지 말아요. 당신한테 돈을 먼저 주려고 들렀나 봐요."

"600프랑이군요. 나중에 더 줄 거라고 했어요."

"우편물 온 게 있는지 물어보길 잘했네요. 정말 좋은 분이군요."

"제 글을 팔 수 있는 곳이 독일뿐이라니 참 우습죠. 베데어코프 씨랑《프랑크푸르트 차이퉁》뿐이에요."

"우습긴 하죠? 하지만 걱정하지 마세요. 포드 씨한테 단편을 팔 수 있을 거예요." 그녀가 나를 놀렸다.

"한 페이지에 30프랑이라. 석 달에 하나씩《트랜스애틀랜틱 리뷰》에 단편을 판다고 해 볼게요. 다섯 페이지짜리 단편이면 150프랑이죠. 1년이면 고작 600프랑밖에 안 돼요."

"헤밍웨이, 지금 받는 금액을 너무 신경 쓰지 말아요. 중요한 건 글을 쓸 수 있다는 거예요."

"알아요. 쓸 수는 있지만 사는 사람이 없겠죠. 특파원을 그만둔 뒤로 수입이 없어요."

"팔릴 거예요. 보세요. 이렇게 벌써 한 편 팔고 돈을 받았잖아요."

"미안해요, 실비아. 신세타령이나 늘어놓은 걸 용서해 주세요."

"뭘 용서해요? 못할 얘기가 뭐 있나요. 작가들이 항상 하는 얘기가 신세타령인 거 모르세요? 그래도 이제 걱정은 접고 잘 먹겠다고 약속해 줘요."

"약속할게요."

"그럼 얼른 집에 가서 점심 먹어요."

오데옹 거리로 나오자, 불평이나 늘어놓은 자신에게 혐오감이 들었다. 스스로 선택한 일인데 멍청하게 굴고 있다니. 끼니를 거르지 말고, 빵을 한 덩어리 사서 먹었어야 했다. 고소한 갈색의 빵 껍질을 맛보아야 했다. 하지만 빵과 함께 마실 것이 없으면 목이 막히는데. 한심하게 또 불평이구나. 성인인 척하는 위선적인 가짜 순교자. 나 자신을 욕했다. 특파원 일을 그만둔 건 내 선택이었다. 아직 신용이 있으니, 실비아에게 돈을 빌릴 수도 있을 것이다. 그녀는 분명 천천히 갚으라고 할 것이다. 하지만 한 번 그러기 시작하면 다른 일들도 타협하게 될 게 뻔하다. 배고픔은 건강한 것이다. 배가 고프면 그림이 더 잘 보인다. 하지만 먹는 것도 좋은 일이다. 지금 어디로 먹으러 갈까? 리프 레스토랑으로 가서 먹고 마시자.

리프까지는 얼마 걸리지 않았다. 지나치는 모든 장소를 눈이나 코만큼이나 배속으로도 빠르게 알아차리면서 기대감이 점점 커졌다. 리프에는 손님이 별로 없었다. 거울 달린 벽에 붙어 있는 벤치에 앉았다. 웨이터가 맥주를 마시겠느냐고 물었다. 1리터짜리 한 잔과 감자샐러드를 주문했다.

맥주는 무척 시원하고 맛이 좋았다. 감자샐러드는 단단하고 간이 잘 맞았으며 올리브 오일도 맛이 좋았다. 후추를 갈아 감자에 뿌리고, 빵을 올리브 오일에 찍어 먹었다. 맥주의 첫 모금을 쭉 들이켜고, 그다음에는 천천히 먹고 마셨다. 감자샐러드를 다 먹고 한 접시 더 추가했다. 세르블라도 주문했다. 세르블라는 두껍고 널찍한 프랑크푸르트 소시지를 반으로 갈라서 특별한 머스터드소스를 뿌린 것이다.

빵으로 올리브 오일과 소스를 남김없이 찍어 먹고, 맥주를 아주 천천히 마셨다. 찬기가 가시자 마저 마셔 버리고 반 리터짜리 한 잔을 추가로 주문했다. 맥주의 거품이 올라오는 것을 지켜보았다. 1리터짜리보다 더 차가운 것 같았다. 단숨에 절반을 마셨다.

사실은 그동안 걱정하지 않았다. 내 단편들은 꽤 훌륭하니까 결국 미국에서 발표되리라고 철석같이 믿었다. 신문사 일을 그만두었을 때는 단편이 출간되리라는 확신이 있었다. 그러나 보내는 원고마다 돌아왔다. 그토록 자신만만했던 이유는 에드워드 오브라이언이 내 단편 「나의 아버지」를 『최고 단편선Best Short Stories』에 넣어 주었고, 그해에 그 책을 나에게 헌정했기 때문이다. 피식피식 웃음이 나왔다. 맥주를 더 마셨다. 그 단편은 잡지에 실린 적이 없었지만, 오브라이언이 그의 원칙을 깨고 책에 실어준 것이었다. 내가 또 혼자 피식거리자, 웨이터가 내 쪽을 힐끔거렸다.

그런데 웃긴 일은 그가 내 이름 철자를 틀리게 실었다는 것이었다. 「나의 아버지」는 나에게 남은 두 편의 단편 원고 중 하나였다. 내가 로잔에 머물 때 아내 해들리가 그곳에서 함께 휴가를 보내기 위해 합류했다. 그녀는 나를 깜짝 놀라게 하고, 내가 휴가 동안 원고를 작업할 수 있도록 그동안 써 놓은 원고를 몰래 가져오다가 리옹역에서 여행 가방을 도둑맞고 말았다. 아내는 내가 손으로 쓴 초고는 물론이고 타이핑한 원고, 사본까지 전부 다 정리해서 챙긴 상태였다. 「나의 아버지」 원고가 남은 이유는 저널리스트 링컨 스테펀스가 어떤 편집자에게 보냈는데, 그 편집자가 돌려보냈기 때문이었다. 다른 원고들을 전부 도둑맞았을 때 그 원고는 우편함에 있었다. 나머지 한 편은 스타인 선생이 우리 아파트를 방문하기 전에 썼던 「미시간 북쪽에서」였다. 그녀에게서 '내걸 수 없는' 글이라는 말을 듣고 사본을 만들지 않고 서랍 속에 넣어둔 터였다.

로잔을 떠나 이탈리아로 갔을 때 경마 소재의 단편을 당시 라팔로 언덕 위 수녀원에서 지내고 있던 오브라이언에게 보여 주었다. 그는 점잖고 내성적인 성격으로 창백한 피부에 눈은 연한 파란색이며 힘없는 직모 머리카락을 직접 잘랐다. 당시는 나에게 정말로 힘든 시기였다. 더 이상 글을 쓸 수 있을 것 같지 않았다. 나는 바보처럼 잃어버린 배의 나침함을 보여 준다든지, 부츠 신은 발을 들어서 발이 사고로 절단되었다는 실없는 농담을 던지는 것처럼 순전한 호기심으로 그에게 원고를 보여 주었다. 원고를 다 읽은 그는 나보다 훨씬 상처받은 표정이었다.

죽음이나 견딜 수 없는 고통을 제외하고, 나는 원고를 잃어버렸다고 말하는 해들리만큼 고통스러워하는 사람을 본 적이 없다. 아내는 우느라 한동안 말도 하지 못했다. 나는 아내에게 아무리 끔찍한 일이라도 그렇게까지 나쁜 일은 아닐 거라고, 괜찮으니 걱정하지 말라고 말했다. 둘이 헤쳐 나가면 된다고. 결국 아내가 사실을 이야기했다. 나는 아내가 사본까지 가져왔을 리는 없다고 확신하며 신문사 일을 대신해 줄 사람을 구하고, 파리행 기차를 탔다. 당시는 특파원 일로 수입이 꽤 좋을 때였다. 아내의 말은 사실이었다. 아파트로 돌아와 모든 게 사실이라는 걸 확인한 날 밤에 내가 어떻게 했는지 기억난다. 이젠 다 지난 일이다. 칭크는 나에게 이미 벌어진 손해를 따지지 말라고 가르쳐 주었다. 그래서 나도 오브라이언에게 너무 속상해하지 말라고 말해 주었다. 초기의 원고들을 잃어버린 것이 어쩌면 잘된 일인지도 모른다고, 오히려 전화위복이 될 수도 있다고 말했다. 단편을 다시 쓸 거라고도 했다. 오브라이언을 달래 주려고 한 거짓말이었지만 그 말을 하면서 그게 내 진심이란 걸 알았다.

리프 레스토랑에 앉아 있을 때, 모든 원고를 다 잃어버리고 난 후 처음으로 다시 펜을 잡을 수 있게 된 순간이 떠올랐다. 이탈리아 코르티나 담페초 스키장에서 아내와 봄 스키를 타던 중에 취재차 독일의 라인란트와 루르에 잠시 다녀왔다가 돌아왔을 때였다. 「때늦은 계절」이라는 아주 단순한 이야기였다. 노인이 스스로 목을 매다는 진짜 결말은 넣지 않았다. 새로운 철칙에 따라 생략한 것이었다. 그건 이야기의 힘을 더 강하게 하고, 독자들이 이해한 것 이상으로 뭔가를 느끼게 만들어 주는 건 생략하자는 철칙이었다.

이런 생각이 들었다. 노인이 목을 매다는 부분을 넣으면 오히려 독자들이 이해하지 못할 것이다. 그것만큼은 의심의 여지가 없다. 굳이 넣을 필요가 없는 부분인 건 확실하고, 생략하더라도 독자들은 분명 이해할 것이다. 그림을 감상할 때처럼. 시간이 걸릴 뿐이고 확신이 필요할 뿐이다.

먹을 것을 줄여야 할 때 스스로를 제대로 다스리지 못하면 배고픔에 대한 생각을 너무 많이 하게 된다. 배고픔은 좋은 훈련이고 배울 점이 있다. 내가 이 사실을 알고 있다는 것 자체가 남들보다 앞서간다는 뜻이다. 너무 앞서간 나머지 끼니를 챙겨 먹기도 힘들 정도가 되었지만 말이다. 조금쯤은 남들과 비슷한 수준이 되어도 괜찮겠다는 생각이 들었다.

장편 소설을 써야 한다는 것을 알고 있다. 하지만 소설의 핵심이 될 문단을 쓰려고 고전할 때마다 도저히 불가능한 일처럼 보였다. 긴 경주를 위해 훈련하듯이 긴 이야기를 쓰는 훈련을 할 필요가 있었다. 예전에 장편(리옹역에서 도둑맞은 가방에 들어 있던 원고 중 하나)을 썼을 때 나에게는 사라지기 쉽고, 기만적이며 앳된 서정적 재능이 있었다. 원고를 잃어버려서 차라리 잘된 일일지도 모르지만, 어쨌든 장편을 써야 한다는 것만큼은 확실했다. 하지만 쓰지 않으면 안 되는 마지막 순간까지 미뤘다. 배고픔에서 벗어날 목적으로 장편을 쓰면 안 된다. 달리 할 일이 없고 선택의 여지가 없을 때 써야만 한다. 압박감이 계속 커지도록 내버려두자. 그동안에는 내가 가장 잘 아는 것에 관한 긴 이야기를 쓰자.

음식값을 내고 밖으로 나왔다. 카페 레 되 마고Les Deux Magots가 보이면 커피를 마시고 싶은 유혹이 드니까 오른쪽으로 돌아 렌 거리를 건넜다. 거기에서 집까지 가는 지름길인 보나파르트 거리를 걸어갔다.

내가 아직 쓴 적이 없고, 잃어버리지도 않은 것 중에서 가장 잘 아는 소재는 무엇일까? 내가 속속들이 잘 알고 가장 중요하게 생각하는 게 무엇인가? 선택의 여지가 없었다. 내가 일하는 곳으로 가장 빠르게 데려다 줄 거리를 선택할 수 있을 뿐. 나는 보나파르트 거리를 지나 기느메 거리와 아사스 거리, 노트르담 데 샹 거리를 지나 라 클로즈리 데 릴라로 갔다.

카페의 구석 자리에 앉아 어깨에 내려앉는 오후의 햇살을 받으며 노트에 글을 썼다. 웨이터가 크림 넣은 커피를 가져왔다. 커피가 식었을 때 반쯤 마시고 그대로 놓아두고는 계속 글을 썼다. 글을 다 썼지만, 강가를 떠나고 싶지 않았다. 웅덩이의 송어, 통나무를 쌓아 만든 다리로 물결치며 올라오는 강물. 내가 쓴 이야기는 전쟁 이후의 귀향에 관한 것이었지만 전쟁에 관한 언급은 한마디도 없었다.

다음 날 아침에도 강은 그대로겠지만 내 글에는 많은 것이 담겨야 한다. 앞으로 매일 그렇게 할 것이다. 이것 말고는 다른 무엇도 중요하지 않다. 독일에서 온 돈이 주머니에 있으니 걱정할 것 없다. 이 돈이 떨어질 때쯤이면 또 다른 돈이 들어올 테니까.

지금 내가 할 일은 머릿속을 차분하게 다스리고 있다가 내일 아침이 밝으면 다시 글을 쓰는 것이다.

작가들의 뒷담화

노트르담 데 샹 거리 113번지의 제재소 건물 위 아파트에서 살았을 때, 라 클로즈리 데 릴라는 집에서 가장 가까운 좋은 카페였다. 파리에서 가장 좋은 카페라고도 할 만했다. 그곳은 겨울에 실내가 따뜻했고, 봄과 가을에는 네 장군의 동상이 있는 쪽 나무 그늘 아래의 야외 테이블 자리, 광장 쪽 대로변을 따라 쳐 놓은 큰 차양 아래의 일반석이 아주 좋았다. 나는 릴라의 웨이터 두 명과 친해졌다. 돔이나 로통드 카페에 가는 사람들은 릴라에 오지 않았다. 릴라에는 그들이 아는 사람이 한 명도 없고, 가게 안으로 들어와도 아무도 쳐다보지 않았다. 그 시절에는 몽파르나스 대로나 라스파유 대로 모퉁이처럼 눈에 잘 띄는 카페를 찾는 이들이 많았다. 칼럼니스트들도 기삿거리를 찾아 카페를 드나들었다.

라 클로즈리 데 릴라는 한때 정기적으로 시인들의 모임이 열리던 카페였다. 마지막으로 자주 드나든 시인은 폴 포르인데 나는 그의 시를 읽어 본 적이 없다. 내가 그곳에서 본 시인은 딱 한 명, 블레즈 상드라르였는데 얼굴이 권투 선수처럼 일그러졌고, 팔이 있어야 할 자리가 텅 빈 오른쪽 소매는 걷어 올려 핀으로 고정시켰으며 온전한 나머지 손으로는 담배를 피웠다. 그는 술에 취하지만 않으면 좋은 말 상대였다. 그의 거짓말이 다른 사람들의 참말보다 더 재미있었다. 릴라에 오는 시인은 그뿐이었고, 나는 거기에서 딱 한 번 그를 보았다. 그곳의 손님들은 아내나 정부를 데리고 오는 노인들이 대부분이었다. 그런 노인들은 낡은 옷차림에 턱수염을 길렀고, 옷깃에 레지옹 도뇌르 훈장의 붉은 리본을 달거나 달지 않거나 둘 중 하나였다. 우리 부부는 그들이 과학자나 학자일 거라고 생각했다. 그들은 아페리티프 와인을 시켜 놓고 한참을 앉아 있었다. 손님 중에는 좀 더 허름한 차림새에 프랑스 한림원하고는 아무 관계도 없는 교육공로훈장의 자주색 리본을 단 사람들도 있었는데, 그들도 오래 앉아 있었다. 그들은 교수나 강사인 듯했으며 함께 온 일행이나 시켜 놓은 술, 커피, 차, 비치된 신문이나 잡지 외에는 관심을 보이지 않았으므로 카페 분위기는 편안했다. 남을 의식하는 사람이 아무도 없었다.

릴라를 찾는 사람 중에는 다른 유형의 손님들도 있었다. 옷깃에 무공십자훈장을 단 사람들, 노랑과 초록의 무공훈장 리본을 단 사람들도 있었다. 팔다리를 잃고 장애를 극복하는 모습이라든가, 의안의 품질, 얼굴 부상을 치료한 성형 기술이 눈에 띄었다. 흉터를 재건한 얼굴은 잘 다져진 스키 활강로처럼 무지갯빛에 가까운 빛이 감돌았다. 나는 학자나 교수들보다 그런 손님들이 더 존경스러웠다. 물론 학자나 교수들도 부상만 입지 않았을 뿐 전쟁에 나갔다 왔을 수도 있지만.

그 시절에 나는 참전하지 않은 사람은 신뢰하지 않았지만, 그 누구도 완전히 믿지는 않았다. 상드라르가 잃어버린 한쪽 팔을 조금만 덜 과시했으면 하는 마음은 있었다. 그가 단골손님들보다 앞서서 오후에 릴라를 찾아서 그나마 다행이었다.

그날 저녁, 나는 릴라의 야외 테이블에 앉아 나무와 건물들, 대로변을 느리게 지나가는 멋진 말들에게 내리쬐는 빛의 변화를 바라보고 있었다. 내 뒤의 오른쪽으로 카페 문이 열려 있었는데 한 남자가 오더니 내 테이블로 걸어왔다.

"여기 있었군." 남자가 말했다.

포드 매덕스 포드였다. 본명은 따로 있지만 그가 자신을 부르는 이름이었다. 그는 묵직하고 희끗희끗한 콧수염 사이로 거칠게 숨을 내쉬었다. 똑바로 서 있는 모습이 마치 옷을 잘 입혀 놓은 드럼통이 움직이는 것 같았다.

"앉아도 되겠나?" 그가 자리에 앉으며 물었다. 색 바랜 푸른 눈으로 대로를 바라보았다.

"난 저 짐승들이 인도적으로 도살되도록 애쓰느라 오랜 시간을 바쳤어."

"네, 전에 말씀하셨죠."

"안 한 것 같은데."

"하신 게 확실합니다."

"이상하네. 지금까지 아무한테도 말한 적 없는데."

"한잔하시겠어요?"

포드는 웨이터에게 샹베리 카시스를 주문했다. 키가 크고 마른 웨이터는 벗겨진 정수리 한가운데로 머리카락을 빗어 넘겼고, 콧수염이 빽빽했다. 웨이터가 주문을 확인했다.

"아니, 브랜디 소다fine à l'eau(코냑과 물로 만든 칵테일-옮긴이)로 주게."

웨이터가 다시 주문을 확인했다. "브랜디 소다요."

나는 포드를 만날 때면 되도록 그의 눈길을 피했고, 실내에서 가까이 있을 때는 숨을 참았다. 하지만 지금은 밖이고, 낙엽도 내 쪽에서 포드 쪽으로 바람에 날리고 있으므로 그를 똑바로 보면서 거리로 시선을 옮겼다. 어느새 빛이 바뀌었지만 놓치고 말았다. 그와 합석해서 술맛을 버렸을까 봐 다시 한 모금 들이켰다. 여전히 맛은 좋았다.

"자네 울적해 보이는군." 그가 말했다.

"아닌데요."

"아니긴. 맞는데. 외출을 더 자주 하도록 해. 내가 들른 이유는 카르디날 르무안 거리에 있는 발 뮈제트에서 있을 저녁 모임에 자네를 부르기 위해서야."

"선생님이 파리에 오시기 전, 그 위층에 2년 동안 살았어요."

"신기하네. 정말인가?"

"그럼요. 정말이죠. 그 건물 주인이 택시를 가지고 있어서 제가 비행기를 탈 때마다 비행장으로 데려다줬거든요. 공항으로 가기 전에 발 뮈제트에서 깜깜한 가운데 화이트 와인을 한 잔 마셨죠."

"난 비행기를 타는 게 싫어. 집사람이랑 같이 토요일 밤에 발 뮈제트로 오게. 아주 재미있는 모임이야. 찾아올 수 있도록 약도를 그려 주지. 우연히 발견한 곳이라네."

"카르디날 르무안 거리 74번지 1층이죠. 제가 그 건물 3층에 살았다니까요."

"번지수는 없어. 꽁트르스카프 광장을 알면 찾아올 수 있을 거야."

나는 술을 더 길게 쭉 들이켰다. 웨이터가 포드의 술을 가져왔는데, 포드가 주문이 잘못됐다고 했다. "브랜디 소다가 아니라니까." 그는 예의를 차리면서도 엄격하게 말했다. "내가 주문한 건 샹베리 베르무트와 카시스야."

"괜찮아요, 장. 이건 내가 마실 테니까 이분께는 지금 주문하신 걸 갖다 드리세요." 내가 말했다.

포드가 정정했다. "지금이 아니라 아까 주문한 거지."

그때 망토를 입은 창백한 남자가 앞쪽 인도를 지나갔다. 키 큰 여자와 함께였다. 그는 우리 테이블을 힐끗 보더니 계속 길을 걸어갔다.

"내가 저 인간하고 절교한 거 알아? 절교한 거 아냐고?" 포드가 말했다.

"아뇨. 누구랑 절교하신 건데요?"

"벨록. 내가 먼저 끊었어!"

"몰랐는데요. 왜 절교하셨는데요?"

"당연히 합당한 이유가 있지. 어쨌든 내가 끊어 버렸어!"

그는 기분이 엄청나게 좋아 보였다. 나는 벨록을 한 번도 본 적이 없었다. 조금 전에 그가 우리 쪽을 본 것 같지도 않았다. 그냥 생각에 잠긴 채로 무심코 시선이 이쪽 테이블로 향한 것 같았다. 나는 포드가 벨록에게 무례했다는 생각에 기분이 나빠졌다. 배움을 얻고자 하는 젊은 작가로서 나는 벨록을 선배 작가로 존경했다. 지금은 이해하기 힘든 일이지만 당시에는 흔한 일이었다.

벨록이 테이블로 와서 인사를 나눴더라면 좋았을 거란 생각이 들었다. 그랬다면 포드와 마주치는 바람에 망가진 그날 오후가 벨록 덕분에 좋아질 수도 있었을 텐데.

"브랜디를 뭐 하러 마셔? 젊은 작가가 브랜디를 마시기 시작하면 치명적이라는 거 몰라?"

"자주 마시진 않아요."

에즈라 파운드가 포드에 대해 해 준 말이 떠올랐다. 포드에게 절대 무례하게 굴어서는 안 되고, 포드는 너무 피곤하면 거짓말을 한다는 걸 잊지 말라고 했다. 포드가 정말 훌륭한 작가이고, 집안에 아주 안타까운 일이 있었다는 말도 해 주었다. 이 사실들을 되새기려고 애썼지만, 바로 닿을 듯한 거리에서 비대한 몸으로 숨을 씩씩거리고 무식한 말을 해 대는 그의 존재를 견디기가 쉽지 않았다. 어쨌든 노력은 했다.

"절교는 왜 하는 건가요?" 내가 물었다. 그때까지만 해도 나는 절교는 위다의 소설에나 나오는 일이라고 생각했다. 위다의 소설은 잘 읽히지 않았다. 겨울에 스위스의 스키장에서 시간을 보내다가 습한 남풍이 불기 시작할 무렵, 가져온 책들은 전부 다 읽어버려서 읽을거리라고는 전쟁 전에 나온 낡은 문고판밖에 없을 때조차 그랬다. 하지만 왠지 그녀의 소설에 나오는 인물들은 서로 절교할 것 같은 확신이 들었다.

"신사가 비열한 인간하고 관계를 끊는 건 당연한 거야."

나는 브랜디를 급히 한 모금 들이켜고 물었다.

"신사는 망나니하고 인연을 끊나요?"

"신사가 애초에 망나니랑 알고 지낼 일이 없겠지."

"그럼 서로 대등한 관계로 알고 지내던 사람하고만 절교할 수 있나요?"

"당연하지."

"그럼 비열한 인간하고는 어떻게 만나게 되는 걸까요?"

"처음엔 비열한 인간인 줄 몰랐거나 나중에 비열하게 변해 버린 것일 수도 있지."

"그런데 비열한 인간이란 게 뭐죠? 죽도록 때려 주고 싶은 사람인가요?"

"꼭 그런 건 아니야." 포드가 말했다.

"에즈라는 신사인가요?" 내가 물었다.

"당연히 아니지. 미국인이잖아."

"미국인은 신사가 될 수 없는 건가요?"

"존 퀸이라면 가능하지. 몇몇 미국 대사들도."

"마이런 T. 헤릭은 어때요?"

"아마도."

"헨리 제임스는 신사였나요?"

"근접했지."

"선생님은 신사인가요?"

"당연하지. 국왕 폐하로부터 장교직도 받았으니까."

"참 복잡하네요. 그럼 저는 신사인가요?"

"당연히 아니지." 포드가 말했다.

"그럼 왜 저랑 술을 마시고 계신 건가요?"

"자네가 유망한 젊은 작가라서 그런 거지. 동료 작가라고 할 수 있지."

"마음이 넓으시네요."

"이탈리아에서라면 자네도 신사 대접을 받을 수 있을 거야." 포드가 인심 쓰듯 말했다.

"하지만 저도 비열한 인간 아닌가요?"

"당연히 아니지. 누가 그런 소릴 해?"

"비열한 놈일지도 몰라요." 내가 구슬픈 듯 말했다. "브랜디나 마시고 있으니까요. 트롤럽의 소설에서 해리 홋스퍼 경이 했던 짓이잖아요. 트롤럽은 신사였나요?"

"당연히 아니지."

"확실한가요?"

"생각이 갈라질 수도 있지만 난 확고해."

"필딩은요? 판사였잖아요."

"엄밀히 따지자면 신사라고 할 수 있지."

"말로는요?"

"물론 아니야."

"존 던은요?"

"그는 성직자였지."

"흥미롭네요." 내가 말했다.

"흥미롭다니 내 기분도 좋군. 물 탄 브랜디를 한 잔 마시고 가야겠어."

포드가 떠난 뒤 주위가 어둑어둑해졌다. 나는 가판대로 가서
《파리 스포츠 콩플레》를 샀다. 오퇴유 경마장에서 열린 경주 결과
와 다음 날 앙기엥 경마장에서 열릴 경주에 나올 말들의 목록이
실린 최종판 경마 석간신문이었다. 장과 교대한 웨이터 에밀이 오
퇴유에서 열린 마지막 경주의 결과를 보려고 내 테이블로 왔다. 마
침, 평소 릴라에 좀처럼 오지 않는 좋은 벗이 와서 합석했다. 친구
가 에밀에게 술을 주문할 때 아까 그 망토 입은 창백한 남자가 키
큰 여성과 함께 지나갔다. 남자는 우리 테이블 쪽을 흘끗 쳐다보
고 고개를 돌렸다.

내가 친구에게 말했다. "저 사람이 힐레어 벨록이야. 포드가 아
까 여기 들렀었는데 저 사람이랑 절교했다고 하더군."

친구가 말했다. "말도 안 되는 소리. 저 사람은 악마 연구가 알
레이스터 크로울리인데? 세상에서 제일 가는 악인일 거야."

"이런."

행운의 부적과 방해꾼

파란색 표지의 공책, 연필 두 자루와 연필깎이(포켓 나이프는 낭비가 심해서), 대리석 상판 테이블, 빗자루로 먼지를 쓸고 걸레로 닦는 이른 아침의 냄새, 그리고 행운. 그밖에는 아무것도 필요하지 않았다. 행운을 비는 부적 삼아 오른쪽 주머니에는 마로니에 열매와 토끼 발을 넣고 다녔다. 토끼 발의 털은 빠진 지 오래고, 뼈와 힘줄도 닳아서 윤이 났다. 발톱이 주머니 안감에 자꾸 긁혀서 행운이 여전히 그 자리에 있다는 걸 확인해 주었다.

어떤 날은 글이 너무 잘 써져서 마치 글 속으로 들어간 듯 시골 풍경이 한눈에 들어왔다. 숲을 빠져나가 펼쳐진 공터에서 고지대로 올라가 호수 너머의 언덕을 내려다보았다. 연필깎이의 원뿔 모양 홈에 연필을 넣고 깎다가 심이 부러질 때도 있었다. 그럴 때는 펜나이프의 작은 날로 심을 꺼내거나, 날카로운 날로 조심스럽게 연필을 깎는다. 그런 다음에는 짜디짠 땀이 밴 가죽 배낭끈에 팔을 하나씩 집어넣어 묵직한 배낭을 메고, 모카신을 신고 솔잎을 밟으며 호수 쪽으로 내려가기 시작했다.

그러다 갑자기 방해꾼의 목소리가 들린다. "안녕, 헴. 뭐해? 카페에서 글을 쓰는 건가?"

운이 다했다. 공책을 덮는다. 이보다 더 짜증 나는 상황은 없었다. 화를 참을 수 있다면 좋겠지만 그때는 그런 재주가 없어서 이렇게 쏘아붙였다. "이 망할 개자식아, 네가 사는 구질구질한 동네는 어쩌고 여기서 뭐 하는 거야?"

"괴짜처럼 행동하고 싶다고 그렇게 욕을 하면 쓰나."

"남한테 피해 그만 주고 얼른 꺼지셔."

"여긴 누구나 올 수 있는 카페야. 나도 여기 있을 권리가 있다고."

"프티트 쇼미에르에나 가지 그래? 거기가 자네한텐 딱인데."

"이런. 성질 좀 그만 부려."

여기까지만 하고 그냥 카페를 나갈 수도 있을 것이다. 이 사람은 정말로 우연히 여기 들렀을 뿐이고, 앞으로 이곳이 아는 얼굴로 북적거릴 일은 없을 거라고 생각하면서 말이다. 일하기 좋은 다른 카페들도 있지만 한참 걸어가야 하는 데다 라 클로즈리 데 릴라는 내 아지트였다. 쫓겨나듯 이곳을 잃고 싶진 않았다. 강력한 의지로 이곳을 지키거나 다른 곳으로 가거나 둘 중 하나였다. 그냥 자리를 뜨는 것이 더 현명한 일이었을지도 모르지만, 너무 화가 나서 이렇게 말했다. "잘 들어. 너 같은 쓰레기가 갈 데는 널렸는데 굳이 왜 여길 와서 이렇게 좋은 카페를 망쳐 놓는 거야?"

"그냥 한잔하러 온 건데 무슨 문제 있어?"

"내 고향에서는 자네 같은 손님한테 내간 술잔은 깨뜨려 버려."

"그게 어딘데? 엄청 멋진 곳일 것 같군."

큰 키에 뚱뚱하고 안경을 쓴 젊은이인 그가 앉은 자리는 내 옆 테이블이었다. 그는 맥주를 주문했다. 일단 그를 무시한 채로 글을 계속 쓸 수 있을지 확인해 보기로 했다. 그래서 무시하고 두 문장을 썼다.

"그냥 말만 걸었을 뿐인데."

한 문장을 더 썼다. 글이 정말로 잘 써지고 완전히 빠져 있을 때는 몰입감이 쉽게 깨지지 않는다.

"누구도 감히 쉽게 말을 못 붙일 정도로 자네가 대단해진 모양이야."

한 문장을 더 쓰고 문단을 마무리한 후 다시 읽어 보았다. 여전히 괜찮아 보여서 다음 문단의 첫 문장을 썼다.

"자네는 다른 사람 생각은 전혀 안 하지. 남들도 힘든 일이 있을 거라는 생각을 못 해."

불평이라면 평생 들어왔다. 다른 소음과 다를 바가 없어서 저

소리가 계속 들려와도 글을 계속 쓸 수 있을 것 같다는 생각이 들었다. 어쨌든 에즈라가 바순을 연습하는 소리보다는 훨씬 나았으니까.

"자네가 작가가 되고 싶은 열망을 온몸으로 느끼지만, 뜻대로 되지 않는다고 한번 생각해 봐."

나는 글을 계속 썼고 운도 되돌아오기 시작하는 것 같았다.

"글문이 거부할 수 없는 폭풍처럼 밀려왔다가 떠나 버려서 벙어리처럼 꽉 막혀 버렸다고 생각해 보란 말이야."

글문이 막혔는데 입으로만 떠들어대는 것보단 낫지. 나는 이렇게 생각하면서 계속 글을 썼다. 이제 그는 잔뜩 신이 나서 떠들어대기 시작했다. 그 소리가 꼭 제재소에서 널빤지를 자르는 소리처럼 마음을 진정시켜 주었다.

"그리스에 갔었어." 한참 뒤에 들려온 목소리였다. 한동안은 그의 말소리가 여느 소음과 똑같이 들려서 전혀 귀 기울이지 않았던 터였다. 작업 진도가 생각보다 꽤 나가서 오늘은 그만하고 내일 이어서 하면 될 것 같았다.

"글에서 다녀온 거야, 아니면 진짜로 다녀온 거야?"

"수준 낮게 굴지 마. 무슨 얘긴지 궁금하지 않아?" 그가 말했다.

"아니." 나는 공책을 덮고 주머니에 넣었다.

"어쩌다 나온 얘긴지 알고 싶지 않아?"

"아니."

"자네는 타인의 삶과 고통에 관심이 없나?"

"자네한텐 관심 없어."

"매정하긴."

"그래."

"자네라면 날 도와줄 수 있을 거라고 생각했네, 헴."

"자넬 총으로 쏘는 거라면 기꺼이 도와주지."

"그럴 텐가?"

"아니. 법에 어긋나는 일이라 안 돼."

"난 자넬 위해서라면 뭐든지 해줄 수 있는데."

"그런가?"

"당연하지."

"그럼 앞으론 이 카페에 얼씬도 하지 마. 그것부터 해 주면 돼."

내가 일어서자 웨이터가 다가왔다. 웨이터에게 커피값을 치렀다.

"제재소까지 같이 걸어가도 되겠나, 헴?"

"안 돼."

"그럼 나중에 또 보지."

"여기선 안 돼."

"그래. 내가 그러겠다고 약속했으니까." 그가 말했다.

"뭘 쓰고 있는데?" 나는 이렇게 묻는 실수를 저지르고 말았다.

"최선을 다해 쓰고 있어. 자네처럼. 하지만 너무 힘들어."

"글이 안 써지면 쓰지 마. 꼭 그렇게 불평해야겠어? 고향으로 돌아가서 취직이나 해. 아니면 목을 매던가. 뭘 하든 글이 안 써진다는 불평은 하지 말라고. 자네는 절대로 글을 못 쓸 거야."

"꼭 그렇게 말해야겠어?"

"자네 입에서 무슨 말이 나오는지 생각해 본 적 있어?"

"나야 글 얘기밖에 안 하지."

"그럼 입 닥치라고."

"정말 너무 하는군. 다들 자네가 잔인하고 인정머리도 없고 잘난 체가 심하다 해. 사람들이 그럴 때마다 난 자네 편을 들어줬는데, 이제 앞으로는 안 그럴 거야."

"맘대로 해."

"같은 인간한테 어떻게 그렇게 매정한가?"

"나도 몰라." 내가 말했다. "이봐, 글을 쓰지 못하겠다면 비평을 쓰는 법을 배워보는 건 어떤가?"

"그래야 할까?"

"그게 좋을 거야. 그럼 글을 언제든 쓸 수 있잖아. 글이 떠오르지 않는다거나 소리가 나오지 않는다고 걱정할 필요가 없겠지. 사람들이 읽고 높이 평가해 줄 거야."

"내가 좋은 비평가가 될 수 있을 것 같은가?"

"얼마나 잘할지는 나도 모르지. 하지만 어쨌든 자네는 비평가가 될 수 있을 걸세. 자네를 도와줄 사람들이 항상 있을 거고, 자네도 자네 사람들을 도와줄 수 있겠지."

"내 사람들이라니?"

"자네가 어울려 다니는 사람들 말이야."

"아, 그 사람들. 그 사람들한테는 이미 비평가가 있다네."

"꼭 책을 비평할 필요는 없어." 내가 말했다. "그럼, 연극, 발레, 영화……"

"얘기를 들어 보니 흥미롭군, 헴. 정말 고맙네. 아주 기대되는걸. 창조적인 일이기도 하고."

"창조는 너무 과대평가된 면이 있지. 어쨌든 하느님도 엿새 만에 세상을 다 만드시고 이레째에는 쉬셨잖아."

"내가 물론 창조적인 글을 쓰는 것도 얼마든지 가능하지."

"물론이지. 자네가 자기 작품의 비평 기준을 말도 안 되게 높이 잡지만 않는다면 말이야."

"당연히 높겠지. 한번 두고 보게."

"물론 그렇겠지."

그는 이미 비평가가 된 듯했다. 나는 그에게 한잔하자고 했고, 그가 좋다고 했다.

"헴." 그는 이미 비평가였다. 비평가들은 대화할 때 문장이 끝날 때가 아니라 시작할 때 상대의 이름을 먼저 부르니까. "이 말을 꼭 해 주고 싶어. 내 생각에 자네 작품은 너무 삭막해."

"안타깝군." 내가 말했다.

"헴, 자네 글은 너무 간결하고 빈약해."

"운이 나쁘군."

"헴, 너무 삭막하고 너무 간결하고 너무 빈약하고 힘이 없다니까."

나는 죄라도 지은 심정으로 주머니에 든 토끼 발을 만지작거렸다. "살을 좀 붙여 보겠네."

"그렇다고 너무 많이 붙이진 말고."

"할, 그런 상황은 최대한 피해 보겠네." 나도 비평가처럼 말하는 연습을 하며 말했다.

"서로 의견이 잘 맞으니 좋군." 그가 굵직한 목소리로 대꾸했다.

"내가 일할 때는 이 카페에 오지 말라고 한 말 기억할 거지?"

"당연하지, 헴. 물론이지. 이제 나도 나만의 카페를 찾을 거야."

"자넨 참 친절해."

"그러려고 노력한다네." 그가 말했다.

만약 그 젊은이가 정말로 유명한 비평가가 되었다면 흥미롭고 교훈적인 이야기가 될 수 있었으리라. 한동안 큰 기대를 걸었지만, 그런 일은 결국 일어나지 않았다.

다음 날 그가 또 카페에 오리라는 생각은 들지 않았지만, 그래도 모험을 하고 싶지는 않아서 하루 동안 릴라에 가지 않기로 했다. 그래서 다음 날은 아침 일찍 일어나 고무젖꼭지와 병을 끓는 물에 소독하고 분유를 타서 아들 범비에게 젖병을 물려 두고 식탁에 앉아서 일했다. 범비와 고양이 F. 푸스, 나만 깨어 있는 시간이었다. 둘은 조용히 잘 있었고, 그 어느 때보다 작업이 잘 되었다. 그 시절에는 정말로 아무것도 필요하지 않았다. 토끼 발도 필요하지 않았지만, 주머니에 든 토끼 발을 만지면 기분이 좋았다.

3부

펜 끝이 향하는 곳

위스키를 마시는 화가

아주 기분 좋은 저녁이었다. 온종일 열심히 글을 쓴 후, 제재소 위층의 아파트를 나섰다. 목재가 쌓인 안뜰을 지나 문을 닫고 길을 건너 몽파르나스 대로에 면한 빵집 뒷문으로 들어가 오븐에 든 맛있는 빵 냄새를 맡으며 정문을 통해 거리로 나갔다. 빵집에는 불이 켜져 있었고, 밖에는 해가 저물고 있었다. 이른 저녁 거리를 걷다가 네그르 드 툴루즈 레스토랑 테라스 앞에서 멈춰 섰다. 냅킨 홀더에 담긴, 나무 고리에 끼워진 붉은색과 흰색의 체크무늬 냅킨이 우리가 저녁 식사하러 오기를 기다리고 있었다. 보라색 잉크로 인쇄된 메뉴판을 읽어 보니 오늘의 특별 요리는 카술레 cassoulet(흰 강낭콩과 여러 가지 고기를 오랫동안 쪄서 만든 프랑스 요리-옮긴이)였다. 요리명을 읽으니 배가 고팠다.

레스토랑 주인 라뱅 씨가 일이 어떤지 물어서 아주 잘 되고 있다고 대답했다. 이른 아침에 내가 라 클로즈리 데 릴라의 테라스에서 글 쓰는 모습을 보았지만 집중한 모습이라 말을 걸지 않았다고 했다.

"꼭 정글에 혼자 있는 사람 같더군요." 그가 말했다.

"글 쓸 때 저는 꼭 눈먼 돼지 같지요."

"정글에 있었던 건 아닌가요, 무슈?"

"덤불에 있었습니다."

거리를 걸으며 상점들의 진열창을 바라보았다. 봄날 저녁인 것도, 사람들이 지나가는 것도 기분이 좋았다. 큰 카페 세 곳에서 얼굴만 아는 사람들과 꼭 인사를 나눠야 할 사람들을 보았다. 하지만 불이 막 켜진 저녁의 거리를 지나치는 사람 중에는 내가 알지 못한 훨씬 더 멋진 사람들이 있었다. 모두가 술을 마시고 식사를 하기 위해, 그다음에는 사랑을 나누기 위해 어딘가로 바쁘게 가는 중이었다. 큰 카페에 앉아 있는 사람들도 그렇거나, 아니면 다른 이들의 시선을 즐기며 그냥 앉아서 술을 마시고 이야기할 수도 있다. 비록 알지 못하는 사이지만 내 마음에 드는 사람들은 자기를 알아보는 이가 하나도 없기에 혼자 또는 일행과 함께하는 시간에 오롯이 집중할 수 있어서 큰 카페를 찾았다. 큰 카페들은 가격도 저렴했다. 맥주도 맛있고, 아페리티프도 그리 비싸지 않은 데다 잔 받침에 주문한 음료의 가격이 정확하게 표시된 가격표가 함께 나왔다.

경마장에 가고 싶은 마음이 간절했지만, 꾹 참고 열심히 일 좀 했다고 그날 저녁에는 특별히 고결한 사람이 된 듯한 기분이 들었다. 건전하더라도 그다지 독창적인 생각은 아니지만 말이다. 물론 경마에 집중한다면 돈을 벌 수는 있겠지만 경마에 돈을 쏠 여유가 없었다. 그 시절에는 타액 검사를 비롯해 말을 인위적으로 흥분시켰는지 알아보는 검사가 나오기 전이라서 약물이 흔히 사용되었다. 하지만 경마장 대기소에서 말들의 상태를 살피고, 흥분제를 맞은 말들의 승률을 예측하는 거의 초감각에 가까운 작업을 하며 절대로 날리면 안 되는 돈을 거는 건 먹여 살릴 처자식이 딸린 젊은 남자가 전업 작가로 성공하기 위해 할 짓이 아니었다.

우리는 어느 모로 보나 여전히 매우 가난했다. 나는 여전히 점심 약속이 있다고 거짓말하고 두 시간 동안 뤽상부르 공원을 걷다가 집에 돌아와서 아내에게 얼마나 근사한 식사였는지 말해 주는 방법으로 돈을 조금이나마 아끼고 있었다. 한창 때인 스물다섯에, 타고난 덩치도 큰 사람은 한 끼만 굶어도 배가 무척 고프다. 하지만 굶으면 감각이 날카로워지기도 한다. 어쩌다 보니 내 작품에 나오는 인물들은 모두 식욕이 왕성한 미식가이고, 식탐도 강하며 술도 좋아했다.

우리는 네그르 드 툴루즈에서 까오르 와인 4분의 1병이나 반

병, 또는 한 병을 마셨는데 대개는 물을 3분의 1 정도 섞었다. 제재소 위층의 집에서는 유명하지만 가격이 저렴한 코르시카 와인을 마셨다. 맛과 향이 워낙 강해서 물을 반이나 섞어도 코르시카 와인인 줄 알아차릴 수 있을 정도였다. 당시 파리에서는 가진 돈이 별로 없어도 잘 살 수 있었다. 가끔 끼니를 거르거나 새 옷을 사지 않으면 돈을 아껴서 호사를 즐길 수 있었다.

그날 나는 카페 셀렉트에 갔다가 해럴드 스턴스를 보고 발길을 돌렸다. 경마장에 가고 싶은 마음을 정당한 이유를 떠올려 가며 간신히 참았는데, 그는 분명 말 이야기를 하고 싶어 할 테니까. 고결한 사람이 된 듯한 기분으로 악습과 집단 본능에 대해 비웃으면서 카페 로통드 안에 있는 사람들을 지나쳐 대로를 건너 카페 돔으로 향했다. 돔도 사람들로 북적거렸지만, 거기 있는 사람들은 일하고 온 이들이었다.

일을 마친 모델들도 있었고 해가 저물어 빛이 사라질 때까지 일한 화가들, 좋든 나쁘든 하루의 작업을 마친 작가들도 있었고 술꾼들, 괴짜들도 있었다. 그중에는 내가 아는 얼굴들도 있고 그냥 장식에 불과한 이들도 있었다.

나는 파스킨과 두 자매 모델이 앉은 테이블로 가서 앉았다. 내가 들랑브르 거리의 보도에 서서 안으로 들어가 한잔 마실지 고민할 때 파스킨이 나를 보고 손을 흔들었다. 파스킨은 아주 훌륭한 화가였고, 항상 술에 취해 있었다. 일부러 항상 취하는 것이었고, 주사를 부리거나 하지는 않았다. 두 모델은 젊고 예뻤다. 자매 중 언니는 피부가 까무잡잡했고, 아름답고 육감적인 몸매에 부서질 듯한 퇴폐미를 풍겼다. 동생은 어린아이 같고 맹하지만 때 묻기 쉬운 아이 특유의 아름다움이 있었다. 언니만큼 육감적인 몸매는 아니었다. 그도 그럴 것이 그해 봄에 본 여자 중에서 자매의 언니만큼 육감적인 몸매를 가진 사람은 한 명도 없었다.

"착하면서도 나쁜 자매야." 파스킨이 말했다. "내가 살게. 뭐 마실 텐가?"

"블론드 맥주(알코올 함량이 낮은 옅은 색깔의 맥주-옮긴이)로 주세요." 내가 웨이터에게 말했다.

"위스키 마셔. 내가 낸다니까."

"맥주 좋아합니다."

"정말 맥주가 마시고 싶었으면 여기가 아니라 리프에 갔겠지. 일하다 왔겠군."

"네."

"잘되나?"

"잘되어야죠."

"좋아. 다행이군. 뭐, 별일은 없고?"

"네."

"자네가 몇 살이지?"

위스키를 마시는 화가

135

"스물다섯입니다."

"얘랑 한번 할래?" 그가 까무잡잡한 언니 쪽을 보면서 웃었다. "얘는 지금 남자가 필요하거든."

"오늘 선생님이랑 할 만큼 했을 텐데요."

그녀는 입술을 벌리고 나를 향해 미소를 지었다. "선생님은 너무 짓궂어요. 그래도 착하답니다."

"원하면 작업실로 데려가."

"더러운 얘기는 그만해요." 금발의 동생이 말했다.

"너한테 한 말이던가?" 파스킨이 물었다.

"아뇨. 내가 그냥 말한 거예요."

"다들 편하게 있자고. 진지한 젊은 작가와 다정하고 현명한 노화가, 그리고 앞으로 살아갈 날이 창창한 두 아름다운 아가씨."

자매는 음료를 홀짝거리고 파스킨은 브랜디를 한 잔 더 마셨으며 나는 맥주를 마셨다. 파스킨을 제외하고 지금 이 자리가 편한 사람은 아무도 없었다. 까무잡잡한 아가씨는 안절부절못했다. 얼굴을 옆으로 돌리고 앉은 터라 빛이 얼굴의 윤곽을 비추었고, 검은 스웨터로 감싼 가슴이 도드라졌다. 짧게 자른 머리카락은 동양인의 그것처럼 검고 윤기가 났다.

"하루 종일 포즈를 취했는데 카페에서도 그 스웨터 차림으로 모델처럼 포즈를 취해야겠어?" 파스킨이 그녀에게 말했다.

"기분 좋단 말이에요." 그녀가 말했다.

"꼭 자바 인형 같군."

"눈은 아니에요. 눈은 인형보다 훨씬 더 깊답니다."

"꼭 변태적인 작은 인형 같아."

"그럴지도요. 하지만 살아 있어요. 선생님보다 더 생기가 있다고요."

"그건 두고 봐야 알지."

"좋아요. 증거 좋죠."

"오늘은 증거가 없었나?"

"아." 몸을 돌린 그녀의 얼굴에 마지막 저녁 빛이 비쳤다. "선생님도 오늘 나만큼 작업에 열정적이긴 했죠." 그녀가 내 쪽을 보더니 말을 이었다. "저분은 캔버스와 사랑에 빠졌거든요. 항상 더러운 걸 그려요."

"넌 내가 너를 그리고 돈을 주길 바라지. 그리고 넌 내가 머리를 맑게 하기 위해 너랑 그 짓도 하고 널 사랑하기도 원하지. 이 불쌍한 작은 인형아."

"내가 마음에 들죠, 무슈?" 그녀가 내게 물었다.

"아주 많이요."

"하지만 당신은 너무 커요." 그녀는 애처롭게 말했다.

"침대에선 누구나 같은데요, 뭐."

"그건 아니에요." 그녀의 여동생이 끼어들었다. "이런 얘긴 질렸어요."

"이봐, 내가 캔버스에 푹 빠져 있다고 생각한다면 내일은 널 수 채화로 그려 주지." 파스킨이 말했다.

"우리 식사는 언제 해요? 어디로 가요?" 여동생이 물었다.

"당신도 우리랑 같이 식사할래요?" 까무잡잡한 여자가 물었다.

"아니요. 난 내 '법적 아내legitime'랑 같이 먹을 겁니다." 그때 프랑스에서는 그런 단어를 사용했다. 지금은 파트너régulière라고 하는 것 같다만.

"안 가면 안 돼요?"

"가야 하고, 가고 싶어요."

"그럼 얼른 가 보게. 타자기 종이랑 사랑에 빠지진 말고." 파스킨이 말했다.

"그렇게 된다면 연필로 쓸 겁니다."

"내일은 수채화다. 좋아, 얘들아. 나 딱 한 잔만 더 마시자. 그다음에 너희가 가고 싶은 곳으로 식사하러 가자꾸나."

"체즈 바이킹으로 갈래요." 피부가 까무잡잡한 여자가 말했다.

"나도." 여동생도 재촉하듯 거들었다.

"알았다." 파스킨도 동의했다. "잘 가게, 젊은이jeune homme. 잘 자고."

"선생님도요."

"난 얘들 때문에 통 못 자. 잘 수가 없어."

"오늘 밤에는 주무세요."

"체즈 바이킹에 다녀온 후에?" 파스킨이 모자를 뒤로 젖혀 쓰면서 씩 웃었다. 그는 매력적인 화가라기보다는 1980년대 브로드웨이 연극의 등장인물처럼 보였다. 나중에 그가 목을 매달아 자살한 이후에도, 나는 카페 돔에서 본 모습 그대로 그를 기억하고 싶었다. 우리가 나중에 무엇을 하게 될지 그 씨앗이 우리 안에 있다는 말이 있다. 어쩌면 농담을 즐기는 사람들의 씨는 더 기름진 토양과 질 좋은 거름으로 덮여 있는 게 아닐까.

에즈라 파운드의 후원 모임

에즈라 파운드는 언제나 좋은 친구였다. 그는 항상 사람들을 도와주곤 했다. 그가 아내 도로시와 함께 사는 노트르담 데 샹 거리의 아파트는 거트루드 스타인의 아파트와는 극과 극일 정도로 가난했다. 그래도 빛이 잘 들었고, 난로를 따뜻하게 피웠으며 에즈라가 개인적으로 아는 일본 화가들의 그림이 걸려 있었다. 그들은 모두 일본 귀족 출신이었고 머리를 길게 길렀다. 고개 숙여 인사할 때면 반짝거리는 검은 머리카락이 흘러내렸다. 나는 그들에게 깊은 인상을 받았지만 그들의 그림은 영 마음에 들지 않았다. 그림이 이해되지도 않았고, 그렇다고 신비롭지도 않았다. 간혹 이해될 때도 있었지만 아무런 의미도 발견할 수 없었다. 유감스러운 일이지만 어쩔 수 없었다.

나는 도로시의 그림을 무척 좋아했고, 그녀가 매우 아름답고 몸매도 훌륭하다고 생각했다. 고디에 브르제스카가 조각한 에즈라의 두상도 마음에 들었다. 에즈라가 보여 준 그 조각가의 작품과 에즈라가 브르제스카에 대해 쓴 책에 수록된 작품 역시도 좋았다. 에즈라는 피카비아의 그림도 좋아했지만 내 눈에는 가치가 없어 보였다. 에즈라가 무척 좋아한 윈덤 루이스의 그림도 나는 마음에 들지 않았다. 에즈라는 친구들의 작품을 좋아했는데, 우정의 측면에서는 의리 있는 일이지만 판단력의 측면에서는 재앙을 불러올 수도 있었다. 하지만 우리는 그 문제로 언쟁을 벌인 적은 없다. 내가 마음에 들지 않는 것들에 대해서는 입을 다문 덕분이었다. 에즈라가 친구라는 이유로 누군가의 글이나 그림을 좋아한다면 분명 가족을 아끼는 마음과 다를 바 없을 테니 내가 그 사람의 작품을 비판한다면 분명 예의에 어긋날 터였다. 누군가의 혈연이나 결혼으로 얽힌 가족을 비판할 때는 상당히 신중하지 않으면 안 된다. 하지만 실력이 형편없는 화가들을 비판하는 건 쉽다. 가족만큼 끔찍한 짓을 하거나 은밀한 피해를 끼치지는 않기 때문이다. 그런 화가들의 작품은 그냥 보지 않으면 된다. 하지만 가족은 보지 않거나 말을 무시하거나 편지에 답장하지 않더라도 여러모로 위험에 빠질 소지가 다분하다. 에즈라가 사람들을 대하는 태도는 나보다 더 친절했고 기독교인다웠다. 그의 글은, 정말로 제대로 쓴 경우에는 완벽했다. 그는 자신의 실수를 모른 척하는 법 없이 솔직했고, 사람들에게 무척 친절했다. 그래서 나는 그가 성인이 아닐지 생각했다. 물론 그는 화도 잘 냈지만 분명 성인 중에서도 그런 사람이 많았을 것이다.

에즈라가 나에게 권투를 가르쳐 달라고 했다. 내가 윈덤 루이스를 처음 만난 건 에즈라의 아파트에서 스파링을 하던 중이었다. 당시 에즈라는 권투를 시작한 지 얼마 되지 않았기에 나는 그가 아는 사람 앞에서 권투를 배우는 모습을 보여 주게 된 것이 당황스러울까 봐 가능하면 그의 체면이 상하지 않도록 멋있는 것처럼 보이게 해 주려고 했다. 하지만 잘되지 않았다. 에즈라가 펜싱을 할 줄 알았기 때문이었다. 나는 그가 권투할 때 왼손을 사용하고 왼발을 항상 앞으로 먼저 내밀며 오른발을 왼발과 나란히 맞추도록 가르치느라 애를 먹고 있었다.

윈덤 루이스는 그 동네에 사는 여느 주민처럼 챙 넓은 검은 모자를 쓰고 〈라보엠〉에서 튀어나온 듯한 옷차림이었다. 그의 얼굴은 개구리를 연상시켰다. 황소개구리가 아니라 그냥 개구리. 파리는 그에게 너무 큰 웅덩이였다. 그 당시에 우리는 작가나 화가는 뭐든 자기가 가진 옷을 입으면 되는 거지, 예술가에게 정해진 복장 같은 건 없다고 믿었다. 하지만 루이스는 전쟁 전 예술가들의 복장이었다. 보는 사람이 괜히 다 민망했다. 그는 내가 에즈라의 왼쪽 공격을 피하고 오른쪽 글러브를 정면으로 막는 모습을 매우 거만한 표정으로 쳐다보았다.

나는 그만하고 싶었지만 루이스는 계속하라고 고집을 부렸다. 나는 그가 권투에 대해 전혀 모르지만 에즈라가 다치는 모습을 볼 수 있기를 고대하고 있음을 눈치챘다. 물론 그런 일은 일어나지 않았다. 나는 절대로 에즈라에게 카운터를 날리지 않았고, 그가 계속 왼손으로 펀치를 날리고 오른손으로도 펀치를 몇 번 날리게 만들다가 권투가 끝났음을 선언했기 때문이다. 나는 물병에 담긴 주전자를 몸에 뿌리고 수건으로 닦아낸 후 운동복 상의를 입었다.

우리는 무언가를 마셨고 나는 에즈라와 루이스가 런던과 파리 사람들에 대해 나누는 이야기를 듣고 있었다. 나는 권투할 때와 마찬가지로 표시 나지 않게 조심하면서 루이스를 유심히 살폈다. 그렇게 비열하게 생긴 사람은 처음 보았다. 훌륭한 경주마가 혈통을 드러내듯 사악함을 드러내는 사람들이 있다. 존엄성이라고는 전혀 없는, 매독 궤양chancre이나 다를 바 없는 존재들이다. 루이스는 사악함이 드러나진 않았다. 한마디로 그냥 비열하게 생겼다.

집에 돌아가면서 그의 얼굴을 보고 떠오른 것들에 대해 다시 생각해 보았다. 여러 가지가 있었다. 매독 궤양처럼 죄다 의학 용어들이었다. 발가락 사이에 낀 때만 제외하고는. 그의 얼굴을 부위별로 나눠서 분석하고 묘사해 보려고 했지만 눈밖에 떠오르지 않았다. 그를 처음 본 순간 검은 모자 아래에서 발견한 그 눈은 분명 강간 미수범의 눈이었다.

"오늘 정말 비열하게 생긴 남자를 봤어." 내가 아내에게 말했다.

"타티, 그런 사람 얘기는 하지 말아요. 제발 부탁이에요. 그냥 저녁이나 먹어요."

약 일주일 후에 만난 스타인 선생에게 윈덤 루이스를 만나 본 적이 있는지 물어보았다.

"난 그 사람을 '자벌레'라고 불러." 스타인 선생이 말했다. "그는 런던 출신인데 좋은 그림을 볼 때는 주머니에서 연필을 꺼내 재 보더군. 자세히 살펴보고 이리저리 재 보면서 어떻게 그렸는지 알아내려는 거야. 런던으로 돌아가서 그대로 따라 해 보지만, 될 리가 있나. 제일 중요한 걸 놓쳤는데."

그래서 나도 그를 자벌레라고 생각하기로 했다. 내가 처음 그를 보고 떠올린 것보다 자벌레가 훨씬 더 훌륭하고 친절했다. 나중에 나는 에즈라가 해 주는 설명을 듣고 그의 친구들을 대부분 좋아하게 된 것처럼 루이스도 좋아해 보려고, 친해지려고 노력했다. 어쨌든 에즈라의 아파트에서 처음 만났을 때의 인상은 그랬다.

에즈라는 내가 아는 작가 중에 가장 관대하고, 가장 사심이 없었다. 그는 그가 믿는 시인과 화가, 조각가, 작가들을 도왔다. 곤경에 처한 사람이라면 상대에게 믿음이 있든 없든 도와주었다. 그는 모든 사람을 걱정했다. 내가 에즈라를 처음 알게 되었을 당시에 그가 가장 걱정한 사람은 T. S. 엘리엇이었다. 에즈라의 말에 따르면 T. S. 엘리엇은 런던의 은행에서 일하기 때문에 시인으로 활동하기에는 시간도 부족하고 시간대도 맞지 않는다고 했다.

에즈라는 예술가들을 후원하는 부유한 미국 여성 나탈리 바니 여사와 함께 '벨 에스프리Bel Esprit'라는 것을 설립했다. 바니 여사는 내가 파리로 건너가기 전에 이미 사망한 레미 드 구르몽과 친구였고 자택에서 정기적으로 살롱을 개최했다. 그녀의 정원에는 작은 그리스 신전도 있었다. 돈 많은 미국과 프랑스 여성들은 살롱을 여는 경우가 많았는데, 나는 그런 살롱을 가까이하지 말아야 한다는 사실을 일찍부터 깨달았다. 하지만 내가 알기로 정원에 작은 그리스 신전이 있는 사람은 바니 여사뿐이었다.

에즈라가 나에게 벨 에스프리의 브로슈어를 보여 주었다. 바니 여사는 에즈라가 브로슈어에 작은 그리스 신전을 사용할 수 있도록 허락했다. 벨 에스프리에서는 멤버들끼리 삼삼오오 돈을 모아서 엘리엇 씨가 은행을 그만두고 시를 쓸 수 있도록 지원하자는 의견을 냈다. 내가 보기에도 좋은 생각 같았다. 다 같이 엘리엇 씨를 은행에서 빼낸 후 에즈라는 곧장 모든 사람의 문제를 해결해 주는 일에 돌입해야 한다고 생각했다.

나는 에즈라가 열광한 이론을 내놓은 경제학자 더글러스 소령과 헷갈린 척 엘리엇을 항상 엘리엇 소령이라고 부름으로써 혼란을 부추겼다. 하지만 에즈라는 내가 근본은 좋은 사람이라는 걸 알았다. 비록 내가 친구들에게 엘리엇 소령이 은행을 그만둘 수 있도록 도와 달라고 기부를 부탁할 때마다 소령이 왜 은행에서 일하는 거냐, 군인이었으면 군대에서 연금이나 퇴직금을 받지 않느냐는 질문이 튀어나오기 마련이라서 에즈라는 짜증이 났지만, 그래도 그는 나에게 벨 에스프리(선량한 마음)가 넘친다는 것을 알고 있었다.

아무튼 그런 질문이 나오면 나는 그것은 전혀 중요한 문제가 아니라고 설명했다. 중요한 건 벨 에스프리가 있는지 아닌지라고. 벨 에스프리가 있다면 소령이 은행을 그만둘 수 있도록 기부할 것이고 벨 에스프리가 없다면 안타까운 일이라고. 작은 그리스 신전의 의미가 이해되지 않아? 안 된다고? 그럴 줄 알았어. 안타깝네, 맥. 기부하지 않아도 돼. 돈 달라고 하지 않을 테니. 이런 식이었다.

나는 벨 에스프리의 멤버로서 적극적으로 홍보 활동을 벌였다. 그때 나를 가장 행복하게 해 줄 꿈은 바로 소령이 은행을 그만두고 자유의 몸으로 걸어 나오는 걸 보는 것이었으니까. 에즈라의 벨 에스프리가 왜 없어졌는지는 정확히 기억나지 않지만, 엘리엇이 쓴『황무지』의 출간과 관련이 있었던 것 같다. 소령은 그 작품으로 다이얼상을 받았고 얼마 후에 한 귀족 여성의 후원으로《더 크라이테리언》지를 창간하게 되면서 에즈라와 나는 더 이상 그를 걱정할 필요가 없어졌다. 작은 그리스 신전은 여전히 그 정원에 있을 것이다. 순전히 벨 에스프리의 힘만으로 소령을 은행에서 빼낼 수 없었다는 사실이 지금까지도 나에게는 실망스러운 일로 남아 있다. 나는 그가 그 작은 그리스 신전에서 사는 꿈을 꾸었다. 내가 에즈라와 함께 신전을 방문해 소령에게 월계관을 씌워줄 수도 있었으리라. 자전거를 타고 가서 싱싱한 월계수 잎을 구해 올 수 있는 곳도 알고 있었다. 소령이 외로움을 느낄 때나 에즈라가 『황무지』 같은 또 다른 위대한 시의 원고나 교정쇄를 검토할 때마다 월계관을 씌워 주는 상상도 했다. 하지만 그전에도 그런 적이 많은 것처럼, 벨 에스프리는 결국 나에게 도덕적으로 좋지 않은 결과를 가져왔다. 소령이 은행을 그만둘 수 있도록 기부하려던 돈을 앙기엥 경마장으로 가져가 흥분제 맞은 말들에게 건 것이다. 내가 건 흥분제 맞은 말들은 두 번의 경주에서 모두 흥분제를 맞지 않거나 덜 맞은 말들을 앞섰다. 한 번은 예외였는데, 내가 건 말이 흥분제를 지나치게 많이 맞아서 출발하기도 전에 기수를 내동댕이치고 혼자 뛰쳐나가 장거리 장애물 경주의 코스를 완주한 것이었다. 정말이지 환상적인 경주였다. 말은 붙잡혀 와서 다시 기수를 태우고 출발했다. 하지만 프랑스 경마에서 흔히 사용하는 표현처럼 녀석은 '훌륭하게 달렸지만 돈은 따지 못했다'.

경마에 쓴 돈을 지금은 존재하지 않는 벨 에스프리에 기부했다면 좋았을 것이다. 하지만 나는 그 돈으로 경마에서 돈을 땄더라면 벨 에스프리에 원래보다 훨씬 더 많은 금액을 기부할 수 있었을 거라고 스스로를 위로했다.

잘 가시오, 스타인 선생

거트루드 스타인 선생과의 관계는 참으로 이상하게 끝이 났다. 우리는 한동안 아주 좋은 친구로 지냈다. 실제로 나는 그녀의 엄청나게 긴 책이 연재되도록 포드와 연결해 주고, 원고를 타자기로 쳐 주고, 교정쇄를 읽어 주는 등 그녀에게 실질적으로 많은 도움을 주었다. 내 바람 이상으로 좋은 친구로 지내고 있었다. 남자가 훌륭한 여성들과 친구가 되면 그 사이에는 미래가 별로 없다. 물론 관계가 끝날 때까지 즐거운 교류를 나눌 수 있지만 어쨌든 그런 친구 사이는 오래 가지 못한다. 특히나 야망이 큰 여성 작가들과의 우정은 더더욱 그렇다. 한번은 내가 스타인 선생이 집에 있는지 몰라서 한동안 플뢰루스 거리 27번지에 들르지 않은 것을 사과했다. "헤밍웨이, 자네는 내 집에 마음대로 드나들어도 돼. 몰

랐어? 진심이야. 아무 때나 들르게. 가정부-거트루드 선생은 이름
으로 말했지만 잊어버렸다-가 맞아 줄 테니까 내가 올 때까지 편
하게 있으면 돼."

물론 그렇다고 내가 그 뒤로 내 멋대로 그 집에 들락거린 건 아
니었다. 하지만 가끔 들르면 가정부가 마실 것을 내왔고 그림을 감
상하면서 스타인 선생을 기다렸다. 선생이 돌아오지 않으면 가정
부에게 인사하고 메시지를 남기고 돌아왔다. 어느 날은 스타인 선
생이 친구와 함께 선생의 차를 타고 프랑스 남부로 여행을 떠난다
면서 오전에 인사도 할 겸 들러 달라고 했다. 그때 해들리와 나는
호텔에 묵고 있었는데, 우리는 다른 계획이 있었고 가 보고 싶은
데가 있었다. 보통은 자세한 설명을 하지 않을 것이다. 선생을 방
문하고 싶었지만, 불가능했다. 그때 나는 방문 초대를 거절하는 방
법을 잘 알지 못했다. 배울 필요가 있었다. 훨씬 나중에 피카소가
나에게 말하기를, 그는 부자들의 초대를 받으면 무조건 가겠다고
약속을 한다고 했다. 그러면 상대가 무척 좋아하기 때문이다. 그러
고는 나중에 사정이 생겨서 가지 못하게 되었다는 소식을 전한다
고 했다. 그가 스타인 선생에게 그랬다는 건 아니고 다른 사람들
에 관한 이야기였다.

아름다운 봄날, 나는 옵세르바투아르 광장을 지나 뤽상부르
공원을 통과해 걷고 있었다. 마로니에 나무에 꽃이 만발했고, 자

갈돌 깔린 산책로에서는 아이들이 뛰놀았으며 그들의 유모들은 벤치에 앉아 있었다. 나무에 앉은 산비둘기들이 보였고, 보이지는 않지만 다른 새들이 지저귀는 소리도 들렸다.

내가 종을 울리기도 전에 가정부가 문을 열어 주며 안으로 들어와서 기다리라고 했다. 스타인 선생이 곧 내려올 거라고 했다. 정오가 되기 전이었지만 가정부는 나에게 브랜디 한 잔을 손에 쥐여 주더니 기분 좋은 표정으로 한쪽 눈을 찡긋했다. 무색의 술이 혀에 닿는 기분이 좋았다. 술을 넘기기도 전에 누군가가 스타인 선생에게 말하는 소리가 들렸다. 내가 사람들의 대화를 엿들은 건 맹세코 그때가 처음이었다.

간절하게 애원하고 또 애원하는 스타인 선생의 목소리가 들렸다. "그러지 마, 자기. 그러지 마. 제발 그러지 마. 내가 뭐든지 할 테니까 제발, 자기야. 제발 그러지 마. 제발. 제발 하지 마, 자기야."

나는 입안에 든 술을 삼키고 유리잔을 테이블에 내려놓고는 곧바로 문 쪽으로 걸어갔다. 가정부가 나에게 손가락을 흔들며 속삭였다. "가지 마세요. 곧 나오실 거예요."

"가야겠어요." 나는 말소리를 더 이상 듣지 않으려고 자리에서 일어났다. 아직 대화가 계속되고 있어서 그걸 듣지 않는 방법은 내가 여기에서 사라지는 것밖에 없었다. 그런 대화를 엿듣는 것 자체가 마음이 좋지 않았는데, 뒤이어 들려온 상대의 대답은 더 나빴다.

안뜰에서 가정부에게 말했다. "저와 안뜰에서 마주쳤다고 해 주세요. 친구가 아파서 더 못 기다리고 갔다고요. 여행 잘 다녀오시라고, 편지하겠다고 전해 주세요."

"알겠어요, 무슈. 기다리실 수 없다니 아쉽네요."

"네, 저도 아쉽네요."

어이없게도 스타인 선생과의 관계는 그걸로 끝이었다. 하지만 그 후로도 계속 이런저런 일들을 도와주고, 필요하면 얼굴을 비치고, 그녀가 요청한 사람들을 데려다주었다. 그러면서 그녀의 새로운 남자 친구들이 등장하면 내쳐지기를 기다렸다. 가치도 없는 새로운 그림들이 기존의 훌륭한 그림들과 나란히 걸린 것을 보면 슬펐지만 달라지는 건 없었다. 이제 나와는 상관없었다. 그녀는 자기를 좋아해 준 사람들과 모조리 싸웠다. 후안 그리스만은 제외였는데 그가 죽었기 때문에 싸울 수 없었다. 하지만 그는 그녀와 싸우고 사이가 벌어졌더라도 신경 쓰지 않았을 것이다. 그의 그림에서 관심을 끊었다는 표시가 났으니까.

결국 그녀는 새로운 친구들과도 다퉜지만, 나는 더 이상 그녀의 소식에 귀 기울이지 않았다. 그녀는 점점 로마 황제를 닮아갔다. 여자 친구가 로마 황제처럼 보이는 걸 좋아하는 사람들이야 상관없겠지만. 그런데 피카소가 그린 그림 속의 스타인 선생은 이탈리아의 시골 아낙네 같은 모습이었다. 나는 그녀의 그런 모습을 기억하고 있다.

결국 그녀와 싸운 사람들은 모두, 모두는 아니더라도 대부분은, 꽉 막히거나 정의로운 척하는 것처럼 보이지 않기 위해 그녀와 화해하고 다시 친구로 지냈다. 나 역시도 그랬다. 하지만 마음속으로나 머릿속에서는 다시 그녀와 진정한 친구가 될 순 없었다. 머리로도 친구가 될 수 없다는 건 정말로 최악의 상황이다. 하지만 실제로는 훨씬 더 복잡한 일이었다.

동명이인을 만나다

내가 시인 어니스트 월시를 에즈라의 작업실에서 만난 날 오후, 그는 기다란 밍크코트를 입은 여자 두 명과 함께였다. 밖에는 클래리지 호텔에서 빌린 기다랗고 반짝반짝 빛나는 차가 제복 입은 운전기사와 함께 대기했다. 여자들은 금발이었고, 월시와 함께 배를 타고 바다를 건너왔다고 했다. 배는 전날 도착했고, 월시는 여자들을 데리고 에즈라를 만나러 온 참이었다.

어니스트 월시는 까무잡잡한 피부에 열정적인 성격으로 아일랜드인의 특징을 진하게 풍겼고, 시적이었다. 영화에서 어떤 캐릭터가 곧 죽을 운명임을 보여 주듯, 그는 죽음의 표적이 된 것처럼 보였다. 그가 에즈라와 이야기를 나누는 동안 나는 여자들과 대화했다. 그녀들은 나에게 월시의 시를 읽었느냐고 물었다. 내가 읽어 본 적 없다고 하자 둘 중 한 명이 초록색 표지의 잡지를 꺼내 거기에 실린 월시의 시를 보여 주었다. 해리엇 먼로가 출간하는 시 잡지 《포이트리》였다.

"하나에 1,200달러를 받는대요." 잡지를 보여 준 여자가 말했다.

"시 한 편이에요." 다른 여자가 덧붙였다.

똑같은 잡지에 글을 싣고 장당 12달러를 받았던 기억이 떠올랐다. "아주 훌륭한 시인이 틀림없겠군요." 내가 말했다.

"에디 게스트보다 더 많이 받는 거예요." 첫 번째 여자가 말했다.

"그 사람보다도 많이 받는 거야. 누구더라."

"키플링." 그녀의 친구가 말했다.

"이만큼 받는 사람은 아무도 없어." 첫 번째 여자가 또 말했다.

"파리에 오래 계실 건가요?" 내가 물었다.

"아뇨. 그렇게 오래 있진 않을 거예요. 친구들이랑 같이 왔거든요."

"우린 배를 타고 왔는데 그 배에는 승객들이 거의 없었어요. 월시 씨랑은 같은 배를 탔고요."

"월시 씨는 카드놀이를 하나요?" 내가 물었다.

그녀는 실망하면서도 이해한다는 표정으로 나를 보았다.

"아뇨. 카드놀이를 할 필요가 없죠. 시를 쓸 수도 있는데 시를 쓰지도 않았고요."

"돌아갈 때는 어떤 배로 가시나요?"

"글쎄요, 봐야 알겠죠. 배뿐만 아니라 여러 가지 변수에 따라 달라지니까요. 당신도 미국으로 돌아가나요?"

"아니요. 전 파리에서 잘 지내고 있습니다."

"이쪽은 좀 가난한 동네죠?"

"네. 그래도 꽤 괜찮아요. 저는 카페에서 일하고 가끔 경마장에 도 갑니다."

"그런 옷차림으로 경마장에 갈 수 있나요?"

"아뇨. 이건 제가 카페에서 일할 때의 옷차림입니다."

"꽤 멋진걸요." 한 여자가 말했다. "카페 생활이 어떤지 꼭 한번 보고 싶어. 그렇지 않아?"

"나도." 다른 여자도 맞장구쳤다. 나는 주소록에 그들의 이름을 적었고, 클래리지 호텔로 전화를 걸겠다고 약속했다. 좋은 여자들 이었다. 나는 그들과 월시, 에즈라에게 작별 인사를 했다. 월시는 여전히 대단히 열성적으로 에즈라에게 말하고 있었다.

"잊지 말고 꼭 연락해 주세요." 둘 중에 키가 더 큰 여자가 말했다.

"어떻게 잊어버릴 수 있겠어요?" 나는 그렇게 말하며 다시 두 사람과 악수를 나누었다.

그 후, 에즈라로부터 윌시에 대해 들은 이야기는 죽음을 앞둔 젊은 시인을 동경하는 여자들이 클래리지 호텔에 밀린 숙박비를 대신 지불해 그를 빼냈다는 것, 얼마 후 윌시가 다른 이들로부터 후원을 받아 공동 편집자로 참여해 계간지를 창간한다는 소식이 었다.

당시 스코필드 세이어가 편집자로 있는 미국 문학잡지 《다이얼》은 해마다 기고작 중에서 훌륭한 작품을 선정해 상금을 주었다. 내 기억으로 상금은 1,000달러였다. 수상자로 선정되면 명예로운 일이기도 했지만, 1,000달러는 그 시절의 전업 작가에게 엄청난 액수였다. 그 상은 다양한 사람들에게 돌아갔고, 모두가 받을 만한 자격이 있는 이들이었다. 당시에는 하루에 5달러면 두 사람이 유럽에서 안락한 생활을 누리고 여행까지 할 수 있었다.

윌시가 공동 편집자로 참여하는 새 계간지가 잡지에 기고하는 작가 중에서 선정해 상당한 금액의 상금을 줄 거라는 소문이 돌았다. 수상자는 4호까지 발행된 후에 선정될 예정이라고 했다.

그 소식이 소문이나 뒷말로 퍼진 것인지, 관계자가 누군가에게 비밀을 털어놓은 것인지는 확실하지 않다. 어쨌든 확실한 건 모든 면에서 영광스러운 일이었다는 것이다. 소문이 퍼진 것에 대해 윌시의 공동 편집자를 나쁘게 말하거나 그의 잘못이라고 탓할 만한 상황은 결코 아니었다.

아무튼 소문을 들은 지 얼마 지나지 않은 어느 날 윌시가 나를 점심 식사에 초대했다. 장소는 생 미셸 대로에서 가장 비싸고 가장 맛이 좋은 레스토랑이었다. 평소에 먹는 포르투갈산 싸구려 굴이 아니라 살짝 구릿빛이 도는 비싼 마렌산 납작 굴과 푸이푸세 와인 한 병으로 우아하게 식사가 시작되었다. 그는 함께 배를 타고 온 여자들에게 사기를 친 것처럼 나에게도 사기를 치려는 듯했다. 물론 그가 정말로 그들에게 사기를 쳤다면 말이다. 그가 납작 굴 열두 개를 더 먹겠냐고 해서 당연히 좋다고 했다. 내 앞에서 그는 죽어가는 사람처럼 보이지 않았는데 다행스러운 일이었다. 그도 알았다. 자기가 일반적인 폐병이 아니라 목숨이 위험할 정도로 상태가 심각한 폐병을 앓고 있다는 사실을 내가 알고 있다는 것을. 그러나 월시는 내 앞에서 굳이 기침을 하지 않았다. 식사 자리인 만큼 고마운 일이었다. 단순히 죽음뿐만 아니라 온갖 시련을 마주하는 캔자스시티의 폐병 걸린 창녀들은 만병통치약이라도 되는 것처럼 정액을 삼켰다. 월시도 그런 이유로 굴을 먹는 건지 궁금했지만 물어보지는 않았다. 두 번째로 나온 열두 개의 납작 굴을 먹기 시작했다. 은접시의 으깬 얼음에 놓인 굴을 집어서 레몬즙을 뿌리고 살을 껍질에서 떼어 내 입으로 가져가 조심스럽게 씹었다.

"에즈라는 정말로 위대한 시인이지요." 월시가 시인다운 검은 눈동자로 나를 바라보며 말했다.

"맞아요. 실제로도 좋은 사람입니다."

"고귀한 사람이지요. 고귀해요." 우리는 에즈라의 고귀함에 바치는 찬사로 말없이 먹고 마셨다. 에즈라가 여기 있다면 얼마나 좋을까 아쉬웠다. 에즈라도 마렌산 굴을 사 먹을 형편이 안 되었다.

"조이스도 훌륭해요. 정말 훌륭하지요." 월시가 말했다.

"훌륭하지요. 좋은 친구고요." 조이스와는 그가 『율리시스』를 끝내고 오랫동안 『진행 중인 작품Work in Progress』이라고 부른 작품의 집필을 시작하기 전 여유로운 기간에 좋은 친구가 된 터였다. 조이스를 생각하니 많은 것들이 떠올랐다.

"조이스의 눈이 좋았더라면 얼마나 좋을까요." 월시가 말했다.

"그도 같은 생각이지요."

"우리 시대의 비극이 아닐 수 없네요."

"다들 어딘가가 좋지 않기 마련이지요." 내가 분위기를 띄워 보려고 말했다.

"당신은 아니잖아요." 그가 그의 매력을 발산하며 역시나 죽어 가고 있다는 티를 냈다.

"저는 죽음의 표적이 아니라는 뜻인가요?" 내가 궁금함을 참지 못하고 물었다.

"네. 당신은 삶의 표적이지요." 그가 '삶'이라는 단어를 강조했다.

"시간 문제지요." 내가 말했다.

그는 레어 스테이크를, 나는 베아르네즈 소스를 곁들인 투르네도 두 덩이를 주문했다. 버터가 그에게 좋을 거라는 생각이 들었다.

"레드 와인 드실래요?" 그가 물었다. 소믈리에가 왔을 때 나는 샤토뇌프 뒤 파프를 주문했다. 나중에 부두를 걸으며 술을 깨면 되겠지 생각했다. 윌시는 잠을 자던가 자기 마음대로 하면 될 테고. 어쨌든 어디론가 가서 술기운을 떨쳐 낼 생각이었다.

스테이크와 프렌치프라이를 다 먹고 점심 식사에 곁들여 먹기로는 적당하지 않은 샤토뇌프 뒤 파프를 3분의 2쯤 마셨을 때였다.

"돌려서 말할 필요가 없겠네요." 그가 말했다. "상을 받을 사람이 당신이란 걸 알지요?"

"내가요? 왜요?"

"당신이 받을 거예요." 그가 내 글에 관한 이야기를 시작했지만 영 귀에 들어오지 않았다. 사람들이 내 앞에서 내 글에 대해 이야기할 때마다 몹시 불편했다. 그를 보니 또 죽음을 앞두었다고 광고하는 얼굴을 하고 있었다. 또 폐병으로 사기를 치려는구나 싶었다. 길가의 흙구덩이에서 부대 전체를 본 적이 있다. 그중 3분의 1이 죽음, 아니 그보다 더한 것을 마주하고 있었지만 그들에게는 아무런 표시가 없었고 그저 먼지를 뒤집어썼을 뿐이었다. 그런데 저 폐병 걸린 사기꾼은 죽음의 표적이 되었다는 걸 세상에 떠벌리고 그걸 생계 수단으로 삼고 있다. 이제는 나에게까지 사기를 칠 작정이다. 사기를 당하고 싶지 않으면 사기 치지 말지어다. 하지만 사실

죽음은 그에게 사기를 치고 있지 않았다. 정말로 그에겐 죽음이 다가오고 있었다.

"난 그럴 자격이 없다고 생각해요, 어니스트." 내가 싫어하는 내 이름으로 그를 부르니 내심 재미있었다. "게다가, 어니스트, 내가 받는 건 옳은 일도 아니고요."

"우리가 이름이 같은 게 좀 이상하죠?"

"그러네요, 어니스트." 내가 말했다. "우리 둘 다 그 이름에 걸맞게 정직하게 살아야지요. 무슨 말인지 아시죠, 어니스트?"

"네, 어니스트." 그가 말했다. 그는 아일랜드인의 완벽하고도 슬픈 이해심과 매력을 보여 주었다.

나는 그와 그의 잡지에 언제나 친절을 베풀었다. 그가 각혈로 파리를 떠나게 되었을 때 영어를 모르는 인쇄업자들이 잡지를 인쇄하는 작업을 봐달라고 했을 때도 부탁을 들어주었다. 그가 각혈하는 걸 본 적이 있는데 정말로 심각했다. 얼마 가지 않아 죽을 거라는 걸 알 수 있었다. 당시는 내 인생에서도 힘든 시기였지만 그에게 최선을 다해 친절을 베푸는 건 그를 어니스트라고 부르는 것 못지않게 나로서는 즐거운 일이었다. 게다가 나는 그의 공동 편집자를 좋아하고 존경했다. 그녀는 나에게 어떤 상도 약속하지 않았다. 그녀의 관심은 오직 좋은 잡지를 만들고, 투고 작가들에게 보수를 잘 지급하는 것뿐이었다.

그로부터 시간이 많이 흐른 어느 날, 혼자 공연을 감상하고 생제르맹 대로를 걷고 있던 조이스를 만났다. 그는 배우들을 볼 수는 없지만 소리를 듣는 걸 좋아했다. 그가 술 한잔하자고 청했다. 우리는 레 되 마고로 가서 달지 않은 셰리주를 주문했다. 그의 글에는 그가 스위스 화이트 와인만 마신다고 되어 있지만 말이다.

"윌시는 잘 지내나?" 조이스가 물었다.

"살아 있는 것만큼 죽어 있지요." 내가 말했다.

"그가 자네한테 그 상을 약속했나?"

"예."

"그럴 줄 알았어." 조이스가 말했다.

"그가 선생님에게도 준다고 약속했습니까?"

"그래." 조이스가 말했다. 잠시 후 그가 물었다. "그가 파운드에게도 약속했을까?"

"모르겠어요."

"물어보지 않는 게 좋겠네." 조이스가 말했다. 그 이야기는 그쯤해 두기로 했다. 내가 에즈라의 아파트에서 긴 모피코트를 입은 젊은 여자들과 함께 있는 윌시를 처음 만난 이야기를 들려주었더니 조이스는 아주 재미있어했다.

주머니에 시를 넣고 다니는 남자

실비아 비치의 서점을 알게 된 날부터 나는 투르게네프의 책 전부, 영어로 출간된 고골의 작품, 콘스탄스 가넷의 톨스토이 번역본, 체호프의 영어 번역본을 전부 다 읽었다. 파리로 오기 전, 토론토에서 캐서린 맨스필드가 단순히 좋은 정도가 아니라 아주 훌륭한 단편 작가라는 말을 들었다. 하지만 체호프를 읽고 나서 그녀의 작품을 읽었는데, 간결하고 훌륭한 문체를 지닌 말솜씨 좋은 박식한 의사의 이야기를 듣는 것과 노처녀가 억지로 꾸며 낸 이야기를 듣는 것 같은 차이가 느껴졌다. 맨스필드는 도수 낮은 맥주 같았다. 도수 낮은 맥주를 마시느니 차라리 물을 마시는 게 낫다. 하지만 체호프는 투명하다는 걸 제외하고는 물이 아니었다. 신문 기사와 다를 바 없는 작품도 있었지만 아주 훌륭한 것들도 있었다.

도스토옙스키의 작품 중에는 그럴듯한 것도 있고, 그럴듯하지 않은 것도 있었지만 너무 진실해서 읽는 사람을 바꿔 놓는 것들도 있었다. 투르게네프의 작품을 읽으면 길과 풍경에 대해 알게 되고, 톨스토이의 작품에는 군대의 움직임과 지형, 장교들, 사람들, 싸움이 있는 것처럼 도스토옙스키의 작품을 읽으면 연약함과 광기, 사악함, 숭고함, 미친 도박에 대해 잘 알게 되었다. 톨스토이의 작품을 읽고 나니 남북 전쟁에 관한 스티븐 크레인의 글은 전쟁을 실제로 한 번도 본 적 없고(내가 할아버지 댁에서 그랬던 것처럼), 전투라고는 글과 연대기를 읽고 브래디의 사진만 보았을 뿐인 병약한 소년의 상상에 불과한 것처럼 느껴졌다. 스탕달의 『파르마의 수도원』을 읽기 전까지 내가 읽어 본 전쟁에 대한 사실적인 글은 톨스토이의 글이 유일했다. 스탕달의 책은 전체적으로 지루하지만 워털루 전투를 다룬 부분만은 제외였다. 아무리 가난해도 잘 지낼 수 있고 일도 할 수 있는 파리 같은 도시에서 책을 읽을 시간이 주어져 이렇게 완전히 새로운 책 속의 세계를 발견한다는 건 엄청난 보물을 찾은 것과도 같다. 그 보물은 여행할 때도 가져갈 수 있다. 오스트리아 포어아를베르크의 높은 산골짜기에 있는 슈룬스를 발견하기 전까지 우리 부부가 자주 찾은 스위스와 이탈리아의 산에도 책을 가져가 새롭게 발견한 새로운 세계에서 머물렀다. 낮에는 눈 덮인 숲과 빙하, 고산 지대 마을의 토브 호텔에서 시간을 보내고 밤에는 러시아 작가들이 제공하는 다른 멋진 세계에서 살았다. 처음에는 러시아 작가들의 책을 읽고 나중에는 다른 작가들의 책을 읽었다. 하지만 꽤 오랫동안 러시아 작가들의 책을 읽었다.

언젠가 에즈라와 함께 테니스를 치고 아라고 대로에서 집으로 걸어가면서 그의 아파트에 들러 한잔하자고 했을 때, 도스토옙스키에 대해 어떻게 생각하느냐고 솔직하게 물어본 적이 있다.

"헴, 솔직하게 말하자면 난 러시아 작가의 책을 읽어 본 적이 한 번도 없네." 에즈라가 말했다.

매우 직설적인 대답이었다. 평소 솔직하지 않은 말은 절대로 하지 않는 그였지만 나는 그 대답에 속이 상했다. 왜냐하면 에즈라는 당시에 내가 비평가로서 가장 좋아하고 신뢰했던 사람이고, '딱 맞는 단어mot juste'를 사용하는 게 중요하다고 믿은 사람이며 나중에 내가 어떤 특정 상황에서 특정 사람을 불신하는 법을 배운 것처럼 형용사를 불신하는 법을 가르쳐 준 것도 그였기 때문이었다. 그래서 '딱 맞는 단어'를 거의 사용하지 않지만, 그 누구보다 캐릭터들을 생생하게 묘사하는 작가에 대한 그의 견해를 듣고 싶었다.

"프랑스 작가들을 읽어. 배울 게 아주 많으니까." 에즈라가 말했다.

"알아요. 배울 건 어디에나 많죠."

잠시 후 에즈라의 아파트를 나와 제재소로 가는 거리를 따라 걸었다. 양쪽으로 높은 집들이 늘어선 거리의 맨 끄트머리에 헐벗은 나무가 있는 공터가 보였다. 그 뒤로 널찍한 생 미셸 대로 건너편에 자리한 빌리에 무도회장 건물의 정면이 드러났다. 제재소 문을 열고 손질한 지 얼마 되지 않은 목재를 지나쳐 별채 꼭대기 층으로 이어지는 계단 옆 장에 테니스 라켓을 놓아두었다. 계단에서 아내를 소리쳐 불렀지만, 집에는 아무도 없었다.

"부인은 외출했어요. 가정부하고 아기도 함께요." 제재소 주인의 아내가 말했다. 그녀는 구릿빛 머리카락에 뚱뚱하고 까다로운 여자였다. 나는 그녀에게 고맙다고 말했다.

"당신을 만나러 온 젊은 남자가 있었어요." 그녀는 무슈 대신 젊은 남자jeune homme라는 단어를 사용했다. "릴라에서 기다리겠다고 하더군요."

"정말 감사합니다. 아내가 돌아오면 제가 릴라에 있다고 전해 주세요."

"부인은 친구들하고 나갔어요." 하이힐을 신은 그녀는 이렇게 말하고는 보라색 실내복의 옷자락을 모으더니 문도 닫지 않고 자기 집으로 사라졌다.

나는 얼룩진 줄무늬가 있는 높은 하얀 집들 사이의 길을 걷다가 햇볕이 내리쬐는 공터에서 오른쪽으로 돌았다. 탁 트인 길이 나왔다. 날이 저무는 가운데 하루의 마지막 햇살이 비치는 릴라로 들어갔다.

아는 얼굴이 하나도 없어서 테라스로 나가 보니 에반 시프먼이 기다리고 있었다. 그는 훌륭한 시인이었고 경마와 문학, 그림에 대해 잘 알고 관심이 많았다. 그는 나를 알아보고 일어났다. 그는 큰 키에 야위고 창백했으며 흰색 셔츠는 더럽고 칼라는 닳았지만 넥타이는 정성껏 매져 있었다. 낡고 주름진 회색 정장을 입었고, 손가락은 머리카락보다 새까맣고 손톱도 지저분했다. 그는 겸연쩍은 듯하면서도 다정하게 미소를 지었는데 상태가 나쁜 치아가 드러날까 봐 입을 벌리지는 않았다.

"반가워요, 헴." 그가 말했다.

"잘 지냈나, 에반?" 내가 물었다.

"좀 안 좋아요. 그래도 '마제파'처럼 헤쳐 나가야죠. 잘 지내시나요?"

"그래야지. 자네가 우리 집에 들렀을 때 에즈라와 테니스를 치고 있었어."

"에즈라는 잘 있나요?"

"아주 잘 있지."

"다행이네요. 그나저나 당신 아파트 주인집 여자는 내가 마음에 안 드나 봐요. 위층에서 기다리겠다고 했더니 그러지 못하게 하더라고요."

"내가 말해 두지."

"그럴 필요 없어요. 여기서 기다리면 되니까. 햇볕이 드니까 정말 좋지 않나요?"

"이제 가을이야. 자네, 옷을 더 따뜻하게 입어야겠어."

"저녁에만 좀 쌀쌀한데요. 어쨌든 외투를 입을게요." 에반이 말했다.

"외투가 어디 있는지는 알고?"

"아니요. 하지만 안전한 곳에 있어요."

"그걸 어떻게 알아?"

"주머니에 시를 넣어 두었으니까요." 그는 치아가 드러나지 않게 입술을 오므리고 활짝 웃었다. "위스키 한잔해요, 헴."

"좋아."

에반이 일어나 웨이터를 불렀다. "장, 위스키 두 잔 주세요."

장이 병과 잔, 10프랑짜리 잔 받침 접시 두 개와 사이편을 가져왔다. 그는 계량 유리컵을 사용하지 않고 잔에 4분의 3 이상이 찰 때까지 위스키를 부었다. 장은 쉬는 날이면 포르트 도를레앙 외곽의 몽루주에 있는 그의 집에 에반이 와서 정원 일을 도와주었기 때문에 에반을 좋아했다.

"너무 많이 따르셨네요." 에반이 키가 크고 나이 든 웨이터에게 말했다.

"위스키 두 잔 맞지요?" 웨이터가 말했다.

우리는 위스키에 물을 섞었다. "첫 모금을 아주 조심스럽게 마셔요, 헴. 잘하면 오래 아껴서 마실 수 있거든요."

"자네 몸은 잘 돌보고 있는 거야?" 내가 물었다.

"물론이죠, 헴. 우리 다른 얘기 할까요?"

테라스에는 우리 말고 아무도 없었다. 나는 속옷 대신 스웨트 셔츠를 입고, 그 위에 셔츠와 모직으로 된 파란색 프렌치 세일러 스웨터까지 껴입어서 에반보다는 가을 날씨에 옷을 잘 챙겨 입은 편이었지만, 둘 다 위스키 덕분에 몸이 따뜻해졌다.

"도스토옙스키에 대해 궁금해한 게 있어. 믿기지 않을 정도로 글을 형편없이 쓰는데도 어떻게 그런 깊은 감동을 줄 수 있는 걸까?"

"번역 때문일지도 몰라요. 콘스탄스 가넷이 톨스토이도 매끄럽게 번역했잖아요." 에반이 말했다.

"그래. 나도 콘스탄스 가넷의 번역본을 읽기 전까지 『전쟁과 평화』를 읽다 그만둔 게 몇 번인지 몰라."

"번역이 원문보다 훌륭할 수 있다고들 하더군요. 분명 그럴 거라고 생각해요. 전 러시아어를 모르지만. 그래도 우리 둘 다 번역이 어떤지는 잘 알잖아요. 번역 덕분에 아주 끝내주는 훌륭한 소설이 나올 수도 있죠. 몇 번이고 계속 읽게 만드는."

"그래. 하지만 도스토옙스키를 몇 번이고 계속 읽을 순 없어. 여행길에 『죄와 벌』을 가져갔거든. 슈룬스에서 읽을 책이 다 떨어져서 읽을 게 아무것도 없는데도 그 책을 또 읽진 못하겠더라고. 오스트리아 신문을 읽으면서 독일어를 공부했다니까. 그러다 '타우흐니츠 영미 작가 총서'에서 트롤럽의 작품을 찾았지만."

"타우흐니츠에게 신의 축복이 있기를." 에반이 말했다. 위스키의 목이 타는 듯한 느낌이 사라졌다. 위스키에 물을 더 섞자 오히려 맛이 너무 강해졌다.

"도스토옙스키는 거지 같았어요, 헴." 에반이 계속 말했다. "그는 거지 같은 인간과 성인들에 관한 이야기를 제일 잘 썼죠. 성인군자를 훌륭하게 만들어 내요. 그의 책을 한 번 읽고 또다시 읽을 수 없는 건 안타까운 일이에요."

"『카라마조프가의 형제들』을 다시 읽어 봐야겠어. 내 잘못일 수도 있으니까."

"도스토옙스키의 작품 중에서 다시 읽을 수 있는 것도 있어요. 하지만 읽다 보면 아무리 훌륭해도 화가 나기 시작할 거예요."

"처음 읽을 수 있었던 것 자체가 행운이지. 나중에 더 좋은 번역이 나올 수도 있고."

"그래도 유혹에 넘어가진 마세요, 헴."

"그래. 일단 시도해 보면 나도 모르는 사이에 다시 읽을 수 있게 될지도 몰라. 더 많이 시도할수록 가능성이 커지는 거지."

"응원의 의미에서 장의 위스키로 건배하죠." 에반이 말했다.

"계속 이러면 장이 곤란해질 텐데." 내가 말했다.

"이미 곤란해졌어요."

"어째서?"

"여기 주인이 바뀌었거든요. 새 주인은 기존 고객층과 달리 씀씀이가 큰 새로운 고객층을 원해서 미국식 바를 설치할 거래요. 앞으로 웨이터들은 흰색 재킷을 입어야 하고, 콧수염을 깎으라는 지시도 떨어졌다네요."

"앙드레와 장에게 그러면 안 되지."

"그렇죠. 그래도 주인이 끝까지 고집을 꺾지 않을걸요."

"장은 평생 콧수염을 길렀잖아. 기병대 콧수염이라고. 기병대에서 복무했거든."

"이젠 깎을 수밖에 없을 거예요."

나는 남은 위스키를 다 마셨다.

"위스키 더 마시겠어요, 무슈? 위스키 한 잔 더 어때요, 무슈 시프먼?" 장이 물었다. 아래로 축 처진 묵직한 콧수염은 장의 여위고 친절한 얼굴의 일부였다. 머리카락이 몇 가닥밖에 남지 않은 정수리가 반짝거렸다.

"그러지 마세요, 장. 그러다 큰일 나요." 내가 말했다.

"큰일 날 거 없습니다. 지금 아주 혼란스럽거든요. 손님들이 한꺼번에 나가고 있어서요. 아무튼 알겠습니다. 무슈." 그가 큰 소리로 말했다. 그는 카페 안으로 들어가 위스키병과 큰 유리잔 두 개, 10프랑짜리 금테 두른 잔 받침 두 개와 탄산수 한 병을 가져왔다.

"안 돼요, 장." 내가 말했다.

장은 잔 받침 접시에 유리잔을 놓고 위스키를 거의 가득 채운 다음 남은 병을 가지고 다시 안으로 들어갔다. 에반과 나는 작은 잔에 탄산수를 조금 섞었다.

"도스토옙스키가 장을 몰랐으니 망정이지, 알았으면 술을 너무 많이 마셔서 죽었을 거예요." 에반이 말했다.

"이걸 다 어쩌지?"

"마셔야죠. 이건 저항의 의미예요. 직접적인 행동이라고요."

다음 월요일 아침, 릴라로 글을 쓰러 갔다. 앙드레가 소고기 육수 보브릴 한 컵과 물을 내왔다. 작은 키에 금발인 그의 짧은 콧수염이 사라지고 사제 같은 입술이 드러나 있었다.

미국 바텐더의 흰색 재킷 차림이었다.

"장은요?"

"내일까지 안 나와요."

"장은 괜찮나요?"

"받아들이는 데 나보다 오래 걸렸어요. 전쟁 내내 기병대의 수염을 길렀으니까요. 무공십자훈장과 군사훈장도 받았죠."

"장이 그렇게 심한 부상을 당했는지 몰랐어요."

"아닙니다. 물론 다치긴 했지만, 그가 받은 군사훈장은 다른 거예요. 전쟁에서 용맹함을 떨쳤다고 주는 훈장이죠."

"제가 안부 묻더라고 전해 주세요."

주머니에 시를 넣고 다니는 남자   171

"물론이죠. 장이 빨리 받아들였으면 좋겠어요."

앙드레가 말했다.

"시프먼 씨도 안부 물었다고 전해 주시고요."

"시프먼 씨는 장과 같이 있어요. 같이 정원 일을 하고 있죠."

악의 대리인

에즈라가 노트르담 데 샹 거리를 떠나 이탈리아 라팔로로 가기 전에 마지막으로 한 말은 이것이었다. "헴, 이 아편 병을 가지고 있다가 더닝에게 주게. 꼭 필요할 때만 줘야 해."

그것은 커다란 콜드크림 통이었는데, 뚜껑을 열어 보니 까맣고 끈적끈적한 게 들어 있었다. 생아편 냄새가 났다. 에즈라는 이탈리앙 대로 근처의 오페라 거리에서 인디언 추장에게 구입했다고 했다. 꽤 비싼 돈을 주었다고. 제1차 세계 대전 당시와 그 후 탈영병과 마약 밀매상의 소굴이었던 '홀 인 더 월' 바에서 나온 물건이 분명해 보였다. 홀 인 더 월은 이탈리앙 거리에 있는 술집인데, 정면을 빨간색 페인트로 칠했고 전체가 복도 같을 정도로 무척이나 폭이 좁은 술집이었다. 한때는 파리의 하수로로 이어진 뒷문이 있었는데 카타콤까지 갈 수 있다고 했다. 더닝은 먹는 것도 잊어버리고 아편을 피우는 시인 랄프 치버 더닝이었다. 그는 아편을 너무 많이 피울 때는 우유밖에 마시지 못했다. 더닝은 3운구법으로 시를 썼는데 에즈라는 그의 시를 무척 좋아하고 높이 평가했다. 더닝은 에즈라의 아파트와 안뜰을 함께 쓰는 건물에서 살았다. 에즈라는 파리를 떠나기 몇 주 전에 더닝이 죽어가고 있다면서 나에게 연락해 그를 도와 달라고 부탁했다.

"더닝이 죽어가고 있네. 곧바로 와 주게." 에즈라가 보낸 전갈에는 이렇게 적혀 있었다.

매트리스에 누운 더닝은 해골처럼 보였다. 결국 영양실조로 죽을 게 분명해 보였지만, 나는 에즈라를 설득하는 데 성공했다. 저렇게 앞뒤가 잘 맞는 시구를 읊을 수 있는 상태에서 죽는 사람은 없고 3운구법으로 말할 수 있는 상태로 죽는 사람도 없으며 단테라도 그럴 수는 없을 거라고 말이다. 에즈라는 더닝이 3운구법으로 말하지는 않는다고 했다. 아마도 내가 그의 전갈을 받았을 때 자다가 일어난 탓에 그렇게 말한 듯하다.

내가 더닝과 함께 죽음을 기다리며 곁에서 하룻밤을 보낸 후 그는 의사들의 손에 맡겨졌다. 중독 치료를 위해 개인 병원으로 옮겨진 것이다. 에즈라는 더닝을 위해 병원비 보증을 서고 내가 알지 못하는 시 애호가들에게 도움을 요청했다. 진정한 비상 상황에서 아편을 전달하는 일만 나에게 맡겨졌다. 에즈라가 나에게 맡긴 신성한 임무였다. 나는 그의 기대에 부응하기 위해 진정한 비상 사태를 제대로 판단할 수 있기를 바랐다. 어느 일요일 아침, 경마 신문을 보고 있을 때였다. 에즈라가 사는 아파트의 관리인이 제재소 안뜰로 와서 내가 있는 열린 창문 쪽으로 소리쳤다. "Monsieur Dunning est monté sur le toit et refuse catégoriquement de descendre."

'무슈 더닝이 지붕 위로 올라가서 절대로 내려오지 않겠다고 버티고 있는' 상황이야말로 진정한 긴급 상황인 것 같았다. 나는 아편 병을 들고 관리인과 함께 집을 나섰다. 관리인은 체구가 작고 열성적인 성격의 여성이었는데 이 상황에 매우 흥분한 상태였다.

"무슈, 필요한 걸 갖고 계시는 거죠?" 그녀가 물었다.

"물론이죠. 괜찮을 겁니다."

"무슈 파운드는 만약의 경우를 모두 다 준비해 두셨어요. 친절함이 사람으로 태어난다면 아마 그분일 거예요."

"정말 그렇죠. 저도 매일 그분이 그립습니다."

"무슈 더닝이 정신을 차려 주시기를 바라는 수밖에요."

"그러기 위해 필요한 걸 제가 갖고 있습니다." 나는 그녀를 안심시켰다.

아파트 안뜰에 도착했을 때 관리인이 말했다. "무슈 더닝이 내려왔네요."

"내가 올 걸 알았나 봅니다."

나는 더닝의 집으로 이어지는 바깥 계단을 올라가 문을 두드렸다. 그가 문을 열었다. 몹시 수척하고 비정상적으로 키가 커 보였다.

"에즈라가 당신에게 이걸 주라고 부탁했어요. 이게 뭔지 알 거라고." 나는 이렇게 말하며 병을 건네주었다.

더닝이 병을 가져다가 안을 살폈다. 그러더니 나에게 병을 던졌다. 병은 내 가슴인지 어깨인지를 맞고 계단으로 굴러떨어졌다.

"이 개자식. 이 빌어먹을 놈." 그가 욕을 퍼부었다.

"에즈라가 당신에게 필요할 거라고 했어요." 그는 대답 대신 우유병을 던졌다.

"정말 필요하지 않으신가요?" 내가 물었다.

그가 또 우유병을 던졌다. 내가 뒤로 물러서자 그가 우유병을 또 던져서 등에 맞혔다. 그러고는 문을 쾅 닫아 버렸다.

나는 살짝 금이 갔을 뿐인 아편 병을 집어 주머니에 넣었다.

"더닝 씨가 파운드 씨의 선물을 원하지 않는 것 같았습니다." 내가 관리인에게 말했다.

"좀 진정이 되셨나 보네요."

"본인이 갖고 있는 게 좀 있을 수도 있고요."

"불쌍한 무슈 더닝."

결국은 에즈라가 모은 시 애호가들이 더닝을 돕기 위해 다시 나섰다. 나와 관리인의 개입은 성공하지 못했다. 생아편이 담긴 것으로 추정되는 금이 간 병은 밀랍을 바른 종이로 잘 싸서 낡은 승마용 부츠에 잘 묶어서 보관해 두었다.

몇 년 후 에반 시프먼과 함께 아파트에서 내 짐을 정리할 때 승마용 부츠는 그대로 있었지만, 아편 병은 보이지 않았다. 나는 더닝이 왜 나에게 우유병을 던졌는지 아직도 알지 못한다. 어쩌면 처음 죽어가던 날 밤에 같이 있어 준 나를 믿을 수 없다고 판단해서인지, 아니면 단순히 내 성격이 마음에 들지 않았던 건지도 모른다.

하지만 "무슈 더닝이 지붕 위로 올라가서 절대로 내려오지 않겠다고 버티고 있다."라는 표현을 에반 시프먼에게 들려주었을 때 에반이 무척 즐거워하던 얼굴은 기억난다. 그는 그 말이 상징적이라고 했다.

나는 잘 모르겠다. 어쩌면 더닝은 나를 악의 대리인이나 경찰로 착각한 건지도 모른다. 내가 아는 건, 에즈라가 많은 이들에게 친절을 베푼 것처럼 더닝에게도 친절하게 대하려고 노력했다는 것이다. 나는 더닝이 에즈라가 믿었던 것만큼 정말로 훌륭한 시인이기를 바랐다. 더닝은 시인치고는 우유병을 아주 정확하게 명중시켰다. 하지만 에즈라도 매우 훌륭한 시인이었고, 테니스를 아주 잘 쳤다.

훌륭한 시인이지만 자기 시가 출판되는 것에는 통 관심이 없었던 에반 시프먼은 그 모든 걸 수수께끼로 남겨두는 게 좋겠다고 했다.

　"우리 인생에는 진정한 수수께끼가 더 필요해요, 헴." 에반은 언젠가 말했다. "이 시대에 가장 부족한 건 야망이 전혀 없는 작가와 정말로 훌륭하지만 발표되지 않은 시예요. 물론 생계의 문제도 있죠."

스콧 피츠제럴드에 대하여

그의 재능은 나비 날개의 가루가 만드는 무늬만큼이나 자연스러웠다. 한때 그는 나비와 마찬가지로 자신의 재능을 알지 못했고, 그것이 지워지거나 망가졌을 때도 알아차리지 못했다. 나중에야 날개가 어떻게 생겼는지 어떻게 손상되었는지 의식하고 생각하게 되었지만 더 이상 날지 못하게 된 상태였다. 나는 것을 사랑했던 마음이 사라졌고, 아무런 노력도 들이지 않고 자연스럽게 날 수 있었던 시절은 기억에만 남았다.

내가 스콧 피츠제럴드를 처음 만났을 때 아주 이상한 일이 있었다. 스콧과는 이상한 일이 많았지만, 이 일만은 절대로 잊을 수 없다. 내가 들랑브르 거리의 딩고 바에서 별 볼 일 없는 사람들과 앉아 있는데 그가 들어와 자기소개를 했다. 함께 온 키가 크고 쾌활한 남자는 덩크 채플린이라고 했다. 유명한 투수라나. 나는 프린스턴팀의 야구 경기를 본 적도 없고, 덩크 채플린이라는 이름도 처음이었다. 하지만 굉장히 친절하고 여유 넘치며 사교성이 뛰어나 보이는 그가 나는 스콧보다 더 마음에 들었다.

당시 스콧은 잘생긴 얼굴과 예쁜 얼굴 사이의 앳된 소년처럼 보였다. 금발의 곱슬머리, 넓은 이마, 호기심 많고 친절해 보이는 눈동자, 여자라면 미인의 입술이라고 할 만한 아일랜드계 특유의 섬세하고 긴 입매가 돋보였다. 턱과 귀도 보기 좋게 잘생겼고, 매끄러운 코는 아름다울 정도였다. 그의 미모를 완성하는 건 피부색과 전형적인 금발의 머리카락과 입술이었다. 그의 입술은 처음 만났을 때도 신경 쓰였고, 친해진 후에는 더더욱 그랬다.

그렇지 않아도 그를 꼭 한번 만나고 싶었다. 온종일 열심히 일했는데 여기에서 이렇게 스콧 피츠제럴드와 그때는 처음 들어 보는 이름이었지만 지금은 친구가 된 덩크 채플린을 만나다니 정말 근사한 일이었다. 스콧은 쉬지 않고 계속 말했다. 그가 내 글에 대한 칭찬을 늘어놓아서 멋쩍어진 나는 그의 말을 듣는 대신 그의 얼굴을 찬찬히 살폈다. 당시만 해도 바로 앞에서 상대를 칭찬하는 건 대놓고 굴욕을 주는 것이라고 받아들여졌다. 스콧이 샴페인을 주문했고, 나와 덩크 채플린, 별 볼 일 없는 사람들과 함께 마셨다. 덩크도 나도 스콧의 말을 귀담아듣지는 않았던 것 같다. 일장 연설인 데다 나는 계속 스콧을 관찰했기 때문이다. 스콧은 가벼워 보이는 체격이었다. 얼굴이 좀 부어 있어서 건강이 그리 좋아 보이지는 않았다. 브룩스 브라더스 양복이 몸에 잘 맞았고, 흰색 버튼다운 셔츠에 영국 왕실을 상징하는 색깔의 넥타이를 맸다. 파리에도 영국인들이 있고 딩고에도 들어올 수 있으니-실제로 당시 술집 안에 영국인이 두 명 있었다-넥타이에 대해 귀띔해 줘야겠다고 생각했다. 하지만 그냥 관두기로 하고 그를 계속 관찰했다. 나중에 알고 보니 그는 그 넥타이를 로마에서 샀다고 했다.

계속 관찰해도 더 이상 눈에 띄는 건 없었다. 재주가 많아 보이고, 너무 작지 않은 잘생긴 손을 가지고 있다는 것과 바 의자에 앉았을 때 보니 다리가 무척 짧다는 것 외엔 말이다. 다리 길이가 보통이었다면 키가 5센티미터는 더 컸을 것이다. 우리는 첫 번째 샴페인 병을 다 비우고 두 번째 병을 마시기 시작했고, 스콧의 일장 연설도 줄어들기 시작했다.

딩크와 나는 샴페인 덕분에 기분이 훨씬 좋아졌고, 스콧의 연설이 끝나가고 있다는 것도 좋았다. 그전까지 내가 훌륭한 작가라는 사실은 나와 아내, 우리 부부와 친하게 지내는 사람들끼리만 입 밖으로 내는 비밀처럼 느껴졌다. 그런데 스콧도 내가 훌륭한 작가라는 똑같은 결론에 도달했다니 기뻤다. 그의 일장 연설이 끝나가고 있다는 사실도 그에 못지않게 반가웠다. 하지만 연설 다음에 질문 시간이 이어졌다. 연설은 귀담아듣지 않고 그를 관찰하는 것으로 피할 수 있지만 질문은 도저히 피해 갈 수 없었다. 스콧은 소설가라면 알아야 하는 것들을 친구와 지인들에게 직접 질문해서 알아내야 한다고 믿었다. 그래서 그의 질문은 직설적이었다.

"어니스트." 그가 말했다. "어니스트라고 불러도 괜찮지?"

"덩크에게 물어봐." 내가 답했다.

"에이, 그러지 말고. 진지하게 물어보는 거야. 자네는 아내와 결혼 전에 잠자리를 했나?"

"몰라."

"모른다니 그게 무슨 말이야?"

"기억 안 나."

"어떻게 그렇게 중요한 일을 기억하지 못할 수가 있지?"

"모른다니까. 이상하지?"

"이상한 정도가 아닌데. 그런 건 당연히 기억해야지." 스콧이 말했다.

"미안하네. 유감이군."

"영국인 같은 소리는 그만하고. 진지하게 한번 기억해 보라고."

"그래도 기억이 안 나."

"기억해 내려고 어디 한번 노력해 보라니까."

일장 연설처럼 늘어놓은 칭찬을 들은 대가가 참 크다는 생각이 들었다. 그가 만나는 모든 사람에게 그러는지 궁금했지만 그건 아닌 듯했다. 떠드는 동안 땀을 잔뜩 흘리는 모습이 보였기 때문이다. 길고 완벽한 윗입술에 작은 땀방울이 송골송골 맺혀 있었다.

그때 나는 바 의자에 앉은 그의 얼굴에서 시선을 아래로 내려 그의 다리 길이를 확인했고, 시선을 위로 가져왔다. 다시 그의 얼굴을 바라보는데 이상한 일이 일어났다.

샴페인 잔을 들고 바에 앉은 그의 얼굴 피부가 팽팽하게 당겨지더니 붓기가 완전히 사라진 것처럼 보였다. 그 상태에서 피부가 더욱더 당겨져 해골처럼 변하는 게 아닌가. 눈이 푹 꺼져서 죽은 사람처럼 보였고, 입술도 팽팽하게 당겨지고, 얼굴은 핏기가 완전히 사라져 밀랍 같았다. 이건 절대로 내 상상에 불과한 이야기가 아니다. 그의 얼굴은 정말로 내가 보는 앞에서 순식간에 진짜 해골 또는 데스마스크처럼 변했다.

"스콧, 괜찮아?"

그는 내 물음에 대답하지 않았고 얼굴이 더더욱 핼쑥해졌다.

"응급 치료소에 데려가는 게 좋겠어." 내가 덩크 채플린에게 말했다.

"아니야. 괜찮아."

"죽어가는 것처럼 보이잖아."

"아니야. 저 친구 원래 저래."

우리는 그를 택시에 태웠다. 나는 몹시 걱정되었지만, 덩크는 계속 스콧은 괜찮으니 걱정하지 말라고 했다. "집에 도착할 때쯤이면 괜찮아져 있을 걸세."

정말로 그랬던 모양이다. 며칠 후, 라 클로즈리 데 릴라에서 다시 만난 스콧에게 그런 일이 생겨서 유감이라고, 아마도 말하면서 술을 너무 빨리 마셔서 그런 것 같다고 말했다.

"무슨 말이야? 나한테 무슨 일이 있었기에 유감이라는 거야? 무슨 말인가, 어니스트?"

"며칠 전 딩고에서 말이야."

"딩고에서 난 아무 문제도 없었어. 자네와 같이 있던 영국인이 꼴 보기 싫어져서 그냥 집에 간 것뿐이라고."

"그때 딩고에 영국인 손님은 없었는데? 영국인이라고는 바텐더 뿐이었지."

"모르는 척하지 말게. 내가 누굴 말하는 건지 자네도 다 알 면서."

"아." 나는 스콧이 그날 딩고를 다시 찾았거나 다른 날에 또 간 줄 알았다. 하지만 기억났다. 그날 영국인이 두 명 있었다. 그의 말 대로였다. 스콧이 말하는 사람들이 누군지 기억났다. 그날 영국인 들이 분명 술집에 있었다.

"그래. 물론 알지."

"가짜 귀족 여자는 엄청나게 무례했고, 같이 술을 마시던 일행 은 우스꽝스러웠어. 둘 다 자네 친구라고 하던데."

"맞아. 그 여자가 가끔 무례한 건 사실이야."

"거봐. 내가 그날 와인 몇 잔을 마셨기로서니 모른 척해 봐야 소용없네. 왜 모른 척하려고 한 건가? 자네가 그럴 사람 같아 보이진 않는데."

"모르겠어." 그 이야기는 더 하고 싶지 않았다. 마침, 좋은 생각
이 떠올랐다. "그들이 자네 넥타이를 가지고 무례하게 굴던가?"

"내 넥타이 가지고 뭐라고 할 게 뭐가 있겠나? 흰색 폴로 셔츠
에 아무 무늬 없는 검은색 니트 재질의 넥타이를 매고 있었는데."

더 이상 이러쿵저러쿵하지 않기로 했다. 스콧은 나에게 왜 이
카페를 좋아하느냐고 물었다. 이 카페가 옛날에 어땠는지 말해 주
자, 그는 자신도 그곳을 좋아하기로 노력하는 중이라고 했다. 그렇
게 우리는 그 카페에 앉아 있었다. 내가 좋아하고 그가 이제부터
좋아하려고 노력하는 카페에. 그는 나에게 질문을 하기도 하고 작
가와 출판사, 문학 대리인, 비평가, 조지 호레이스 로리머, 이런저런
소문, 성공한 작가들의 자본 상황에 대해 이야기해 주었다. 그는
냉소적이고 유머 감각 있으며 쾌활하고 매력적이고 사랑스러웠다.
평소 나는 누군가가 사랑스럽게 느껴지지 않도록 조심하는 편인
데도 말이다. 그는 자기 작품에 대해서는 무시하듯 말했지만 억울
하고 비통해하는 태도는 아니었다. 예전의 책들에 대해 그렇게 쿨
하게 말할 수 있다는 것 자체가 그의 신작이 분명 훌륭하리라는
증거였다. 그는 신작 『위대한 개츠비』의 마지막 남은 한 부를 누군
가에게 빌려주었는데, 돌려받는 대로 나에게 읽어봐 달라고 했다.
그가 그 책에 대해 말하는 것만 들으면 훌륭한 작품이라고 생각할
수가 없었다. 자만심 없는 작가들은 정말로 훌륭한 작품을 써 놓

고 그 작품이 얼마나 훌륭한지에 대해 말하기를 부끄러워하는데 스콧의 모습이 딱 그랬다. 나는 한시라도 빨리 책이 그에게 돌아와 내가 읽게 되기를 바랐다.

스콧은 새 책이 판매량은 저조해도 평가는 아주 좋다는 이야기를 맥스웰 퍼킨스으로부터 들었다고 했다. 그날인지, 훨씬 나중이었는지는 정확히 기억나지 않지만, 스콧이 비평가 길버트 셀데스의 비평을 보여 주었는데 그렇게 훌륭할 수가 없었다. 그야말로 극찬의 내용이 담겨 있었다. 스콧은 평론가들이 찬사를 보내는데도 책이 잘 팔리지 않는 이유가 이해되지 않는다고 했다. 하지만 전에도 말했듯이 억울하거나 비통해하는 태도는 전혀 아니었다. 그는 책의 완성도에 대해 수줍어하면서도 만족했다.

그날 우리는 릴라의 테라스 야외석에 앉아 해가 떨어지면서 회색의 저녁 빛이 바뀌는 가운데 사람들이 보도를 지나는 모습을 지켜보았다. 그때 스콧은 위스키 두 잔과 소다를 마셨지만, 술기운으로 몸 안에서 어떤 화학적인 변화가 일어나지는 않았다. 유심히 살펴보았지만 그런 일은 없었다. 그는 민망한 질문을 하지도 않았고, 당황스러운 행동도 보이지 않았으며 일장 연설도 없었다. 그저 평범하고 지적이고 매력적인 사람처럼 행동했다.

그는 아내 젤다와 리옹에 갔다가 날씨가 너무 나빠서 소형 르노 자동차를 두고 와야만 했다면서 자기와 함께 기차를 타고 리옹으로 가서 차를 타고 파리로 돌아오지 않겠느냐고 물었다. 피츠제럴드 부부는 에투알 광장에서 그리 멀지 않은 틸시트 14번지에 있는 가구가 비치된 아파트를 빌려서 살고 있었다. 그때는 늦봄이라서 시골 풍경이 최고로 아름다울 테니 멋진 여행이 될 것 같았다. 스콧은 정말 친절하고 이성적인 사람 같았다. 물을 섞지 않은 위스키 두 잔을 마시고도 멀쩡했다. 지금 이렇게 매력적이고 지극히 상식적인 모습을 보니 며칠 전 딩고에서의 일이 불쾌한 꿈이었던 것처럼 느껴졌다. 그래서 나는 리옹에 함께 가겠다고 했고, 언제 떠날 것인지 물었다.

우리는 다음 날 만나기로 약속하고, 아침에 출발하는 급행열차를 알아보았다. 출발 시간도 적당했고 빨랐다. 내 기억으로는 딱 한 번 디종에서만 서는 기차였다. 리옹에 도착하면 먼저 차 상태가 괜찮은지 확인한 뒤 맛있는 저녁을 먹고 아침 일찍 파리로 돌아오기로 계획을 세웠다.

나는 여행에 대한 기대에 부풀었다. 나보다 나이 많은 성공한 작가와 함께하는 여행이니 차에서 많은 대화를 나누며 유익한 가르침을 많이 얻을 수 있을 터였다. 지금 보면 내가 스콧을 '나이 많은' 작가라고 생각했다는 게 좀 이상하지만, 당시 나는 『위대한 개츠비』를 읽어 보기 전이라서 그가 실제 나이보다 훨씬 많은 줄 알았다. 3년 전 《새터데이 이브닝 포스트》에 실린 그럭저럭 읽을 만한 단편을 썼을 뿐 진지한 작가라고 여기지는 않았다. 릴라에서 그는 《새터데이 이브닝 포스트》에도 잘 어울리고 자기가 생각하기에도 썩 괜찮았던 단편들을 어떻게 썼는지, 다 쓴 후 잡지에 투고하기 전 어떤 식으로 수정했는지에 대해 말해 주었다. 잡지사의 입맛에 맞추려면 수정이 필수였다고 했다. 나는 그 이야기를 듣고 충격을 받았다. 매춘이나 다름없지 않으냐고 했다. 그도 몸을 파는 것이나 다름없는 일이라고 생각하지만, 괜찮은 장편을 쓰려면 돈을 모아 두어야 하니 잡지사에 단편을 팔아 돈을 벌기 위해선 어쩔수 없었다고 말했다. 나는 작가라면 재능을 스스로 망치지 말고 최선을 다해 글을 써야 한다고 말했다. 이에 스콧은 일단 처음에는 자기가 진정으로 쓰고 싶은 대로 쓴 다음에 잡지사에 잘 팔리도록 수정하는 것이므로 원고를 망가뜨리거나 바꾸더라도 자신에게 아무런 해가 되지 않는다고 했다. 나로서는 도저히 믿어지지 않는 이야기였다. 나는 그런 짓을 하면 안 된다고 말리고 싶었다. 하지만 제대로 반박하려면 내 신념을 뒷받침할 만한 증거가 될 소설책을 그에게 보여 줘야 하는데 당시 나는 아직 장편을 하나도 쓰지 못한 상태였다. 내 글을 철저하게 분석한 후 설명을 전부 없애고 묘사를 해 보기로 한 뒤로는 글이 꽤 잘 써지고 있었다. 하지만 어려웠다. 내가 과연 장편 소설 한 권을 쓸 수 있을지 자신이 없었다. 한 문단을 쓰는 데도 아침 한나절이 걸렸으니까.

아내 해들리는 스콧의 글을 읽어 본 적이 있었고, 그렇게 높이 평가하지 않았지만(그녀가 생각하는 훌륭한 작가는 헨리 제임스였다) 내가 여행을 떠나게 된 것을 기뻐했다. 잠시 일을 쉬면서 여행을 하게 된 건 잘된 일이라고 했다. 그녀도 나도 우리가 돈이 많아 차를 사서 우리끼리 여행을 다닐 수 있다면 얼마나 좋을까 생각했지만 언젠가 그렇게 되리라는 생각은 할 수조차 없었다. 나는 그해 가을 미국에서 출간될 첫 단편집에 대한 선불금으로 보니 앤드 리버라이트 출판사에서 200달러를 받았다. 《프랑크푸르트 차이퉁》과 베를린의 《데어 크베어슈니트》, 파리의 《디스 쿼터》와 《트랜스애틀랜틱 리뷰》에도 단편을 팔고 있었다. 우리는 매우 근검절약하면서 생활했고, 7월에 열리는 팜플로나 축제 그 후에는 마드리드, 발렌시아 축제에 가려고 돈을 모으는 중이라서 꼭 필요한 데만 돈을 썼다.

리옹으로 출발하기로 한 아침, 나는 기차 시간보다 훨씬 이르게 도착해서 기차역 밖에서 스콧을 기다렸다. 그가 기차표를 가져오기로 되어 있었다. 기차가 떠날 시간이 다 되었는데도 그는 도착하지 않았다. 하는 수 없이 선로로 들어가는 입장권을 사서 기차 옆을 따라 걸으며 그를 찾으려 했지만 보이지 않았다. 기다란 기차가 출발하기 직전 기차에 올라탔다. 그가 기차 안에 탔기를 바라면서 안을 쭉 살피며 돌아다녔다. 아주 기다란 기차였는데 그는 어디에도 보이지 않았다. 나는 차장에게 사정을 설명하고 2등칸 값을 냈고―3등칸은 없었다―리옹에서 제일 좋은 호텔이 어디냐고 물어보았다. 디종에 정차하면 스콧에게 전보를 보내 리옹에서 그를 기다릴 호텔 이름을 알려 주는 수밖에 없었다. 물론 그가 전보를 보진 못하겠지만 그의 아내가 그에게 전보로 알려줄 터였다. 다 큰 어른이 기차를 놓쳤다는 이야기는 한 번도 들어본 적 없는데 그 여행 덕분에 새로운 것들을 많이 배울 수 있었다.

당시 나는 성질이 아주 급하고 화를 잘 냈다. 기차가 몽트로를 지날 즈음에는 어느덧 화가 가라앉아서 차창 밖으로 시골 풍경을 바라보며 즐길 수 있었다. 정오에는 식당 칸에서 맛있는 점심을 먹고, 생테밀리옹 와인도 한 병 마셨다. 상대가 비용을 부담하겠다고 해서 받아들인 여행에서 스페인 여행을 위해 모은 돈을 쓰고 있는 나 자신이 바보 같았지만, 좋은 교훈을 얻을 수 있었다. 그전까지는 비용을 나눠서 내는 것이 아닌, 상대가 전적으로 부담하는 여행 초대를 받아들인 적이 한 번도 없었다. 이 여행만 해도 나는 호텔과 식사 비용을 함께 내자고 주장했다. 그런데 이젠 피츠제럴드가 과연 모습을 드러낼지조차도 확실하지 않은 상황이었다. 나는 화가 났을 때는 그를 스콧에서 피츠제럴드로 강등시켰다. 어쨌든 나중에는 처음에 불같이 화가 나서 분노의 감정을 일찌감치 전부 소진해 버린 사실이 오히려 잘 되었다고 느껴졌다. 리옹 여행은 쉽게 화를 내는 사람에게 맞는 여행이 아니었으니까.

리옹에 도착한 나는 스콧이 리옹으로 떠나기는 했지만, 어느 호텔에서 묵을 것인지는 알리지 않았음을 알게 되었다. 스콧의 가정부에게 주소를 남겼다. 스콧의 아내는 몸이 좋지 않아서 아직

자고 있었고, 가정부는 스콧에게 전화가 오면 주소를 전해 주겠다고 했다. 리옹의 웬만한 호텔에는 죄다 전화해서 메시지를 남겼지만, 스콧을 찾을 수 없었다. 아페리티프를 마시며 신문이나 읽으려고 카페를 찾았다. 그 카페에서 불을 삼키는 묘기로 생계를 유지하는 남자를 만났다. 그는 동전을 구부리는 묘기도 선보였는데 이가 다 빠진 입에 동전을 물고 엄지와 검지로 구부렸다. 묘기를 부리면서 보여 준 잇몸은 빨갛게 부어올라 있었는데도 그는 썩 나쁜 직업이 아니라고 했다. 그에게 술 한잔하겠느냐고 했더니 아주 좋아했다. 그는 피부가 까무잡잡하고 잘생긴 얼굴이었다. 불을 삼킬 때면 그 까만 얼굴이 이글거리고 환하게 빛났다. 그는 리옹에서는 불을 삼키거나 턱과 손가락의 힘을 보여 주는 묘기로는 돈이 안 된다고 했다. 가짜로 불을 삼키는 사람들이 이 직업을 망쳐 놓았고 묘기를 선보일 수 있는 곳이라면 어디든지 앞으로도 계속 망쳐 놓을 거라고. 그는 저녁 내내 불을 삼켰지만 뭔가를 사 먹을 돈조차 벌지 못했다. 나는 그에게 술을 한 잔 더 마셔 석유 맛을 씻어 내라고 권하고 저렴하고 맛있는 식당을 안다면 함께 저녁을 먹자고 했다. 그는 안성맞춤인 식당을 안다고 했다.

우리는 아주 저렴한 알제리 레스토랑에서 식사했다. 나는 알제리 음식과 와인이 마음에 들었다. 불 먹는 곡예사는 좋은 사람이었다. 보통 사람들이 이로 음식을 씹는 것 못지않게 잇몸으로 능숙하게 잘 씹는 모습이 신기하기도 했다. 그는 나에게 무슨 일을 하는지 물었고, 나는 이제 막 시작하는 작가라고 했다. 어떤 글을 쓰는지 물어서 단편 소설이라고 말해 주었다. 그는 이야깃거리를 많이 알고 있다면서 그중에는 지금까지 그 누구도 쓴 적 없는 끔찍하고도 놀라운 이야기도 있다고 했다. 자기가 이야기를 들려줄 테니 글로 쓰라고, 번 돈에서 적당한 액수를 자기에게 달라고 했다. 아니면 자기와 함께 북아프리카로 가자고, 푸른 술탄의 나라에 가면 그 누구도 들어 본 적 없는 이야기를 들을 수 있다고 했다. 어떤 이야기냐고 물었더니 전투, 처형, 고문, 성폭행, 무서운 풍습, 믿어지지 않는 관습, 유흥 등 뭐든지 다 있다는 것이었다. 호텔로 돌아가 스콧이 있는지 확인해 봐야 할 시간이 되어 음식값을 치르고 곡예사에게 분명 또 만나게 될 거라고 했다. 마르세유 쪽으로 일하러 간다는 그에게 언제든 어디에서든 마주칠 거라고, 함께 저녁을 먹어 즐거웠다는 말도 전했다. 구부러진 동전을 펴서 테이블에 쌓는 그를 남겨 두고 호텔로 향했다.

리옹은 밤에 그다지 활기 넘치는 도시가 아니었다. 크고 웅장하고 화려한 도시였다. 돈이 많고 그런 분위기의 도시를 좋아하는 사람이라면 마음에 들 것이다. 리옹의 레스토랑에서 파는 닭고기 요리가 그렇게 맛이 좋다는 이야기를 오래전부터 들었지만 내가 먹은 건 닭고기가 아니라 양고기였다. 하지만 양고기도 아주 훌륭했다.

호텔에 돌아갔지만, 스콧에게 온 연락은 없었다. 나는 익숙하지 않은 호텔의 호사스러운 침대에 누워 실비아 비치의 서점에서 빌려 온 투르게네프의 『사냥꾼의 수기』 첫 권을 읽었다. 그렇게 큰 고급 호텔에서 묵는 건 3년 만에 처음이었다. 창문을 활짝 열어 놓고 베개를 돌돌 말아 등과 머리에 받치고서 투르게네프와 함께 러시아로 행복한 여행을 떠났고, 책을 읽는 도중에 잠이 들었다. 다음 날 아침을 먹으러 나가기 전, 면도를 하고 있는데 프런트에서 연락이 왔다. 아래층에 나를 만나러 온 신사가 있다는 것이었다.

"올라오라고 해 주세요." 나는 이렇게 말하고 이른 아침부터 완전히 깨어난 도시의 소리를 들으면서 면도를 계속했다.

스콧은 올라오지 않았고 내가 프런트로 내려가서 그를 만났다.

"일을 이렇게 뒤죽박죽으로 만들어서 정말로 미안하네. 자네가 어느 호텔로 갈지만 알았어도 간단했을 텐데." 스콧이 말했다.

"괜찮아." 앞으로 오랫동안 함께 자동차를 타고 가야 하니 나는 우리 둘의 분위기가 평화롭기만을 바랄 뿐이었다. "어떤 기차를 타고 왔나?"

"자네가 탄 기차가 떠나고 얼마 후에 출발한 기차를 탔네. 아주 편안한 기차였어. 그냥 그걸 같이 타고 왔으면 좋았을걸."

"아침은 먹었나?"

"아직. 자네를 찾으려고 온 도시를 샅샅이 뒤지고 다니느라."

"저런. 자네 집에서 내가 여기 있다고 알려 주지 않던가?"

"응. 젤다는 몸 상태가 안 좋아. 괜히 왔나 싶기도 해. 이 여행은 지금까지 모든 게 엉망진창이야."

"아침 먼저 먹고 차를 찾아서 출발하지." 내가 말했다.

"좋아. 여기에서 먹을까?"

"카페가 더 빠를 거야."

"하지만 여기가 더 맛있을 텐데."

"그럼 그렇게 하지."

호텔의 아침 식사는 햄과 달걀을 곁들인 푸짐한 미국식이었는데 맛이 무척 좋았다. 식사를 주문하고 음식이 나오기를 기다리고, 음식을 먹고, 또 기다렸다가 계산까지 마치고 나자 어느새 한 시간 가까이 지나 있었다. 웨이터가 계산서를 들고 오자 스콧은 호텔에 점심 도시락을 주문하려고 했다. 나는 마콩에서 마콩 와인을 한 병 사고, 돼지고기 식품점에서 샌드위치 재료를 사면 된다고 말렸다. 만약 식품점이 문을 닫았더라도 중간에 식당이 많이 나올 테니 멈춰서 사 먹으면 된다고 했다. 하지만 그는 내가 리옹의 닭고기 요리가 맛있다고 했으니 꼭 먹어봐야 한다고 고집을 부렸다. 그래서 결국 호텔에 점심 도시락을 주문했다. 직접 사 먹는 것보다 네다섯배는 비싼 값을 치렀다.

스콧은 나를 만나러 오기 전에 술을 마신 게 분명해 보였다. 한 잔 더 마시고 싶어 하는 눈치여서 출발하기 전, 바에 들러 술을 마시지 않겠느냐고 물었다. 그는 아침부터 술을 마시지는 않는다면서 나는 아침부터 술을 마시느냐고 물었다. 기분이 어떤지와 해야

할 일이 무엇인지에 따라 다르다고 했다. 그는 내가 술을 마시고 싶다면 혼자 마시지 않도록 같이 마셔 주겠다고 했다. 그래서 우리는 점심 도시락을 기다리는 동안 바에서 위스키에 페리에 탄산수를 넣어 마셨다. 둘 다 기분이 훨씬 좋아졌다.

스콧이 모든 비용을 부담하겠다고 했지만, 호텔 숙박비와 술값은 내가 냈다. 이 여행은 처음부터 돈 문제에 대해 이런저런 복잡한 생각이 들었기 때문에 내가 비용을 많이 부담할수록 찜찜함이 줄어들었다. 스페인 여행을 위해 저축한 돈을 마구 쓰고 있었지만, 실비아 비치에게 신용이 좋으니까 이 여행에서 쓴 돈만큼 그녀에게 빌리고 나중에 갚으면 될 터였다.

스콧이 차를 맡겨 놓은 정비소에 갔다. 놀랍게도 소형 르노 자동차에는 지붕이 없었다. 스콧은 마르세유 항구에 도착해 배에서 차를 내리다가 지붕이 망가진 건지, 마르세유에서 어쩌다 그랬던 건지 정확히는 모르지만 젤다가 손상된 지붕을 잘라 내라고 해서 교체하지 못했다고 설명했다. 그는 아내가 자동차 지붕을 싫어한다면서 지붕이 없는 상태로 리옹까지 운전해서 왔지만, 비에 발이 묶였다고 했다. 아무튼 차는 지붕을 제외하면 멀쩡했다. 스콧은 흥정을 거쳐 세차와 부품 기름칠, 휘발유 2리터 추가 등 여러 서비스 품목에 대한 비용을 지불했다. 그러는 동안 한 정비공은 나에게 엔진의 피스톤 링을 갈아야 한다고 했다. 엔진 오일과 냉각수가 떨어진 상태에서 차를 운전한 게 분명하다고 설명했다. 엔진이 과열되어 페인트칠이 벗겨진 것도 보여 주었다. 나더러 스콧을 설득해 파리로 돌아가 링을 꼭 교체하라고 했다. 작지만 꽤 성능이 좋은 차라서 그러면 잘 굴러갈 거라고.

"지붕은 교체하지 말라고 하시더군요."

"그래요?"

"차는 잘 관리해 줘야 하는데 말이지요."

"그렇지요."

"두 분 비옷은 안 가져오셨나요?"

"네. 지붕이 저런 줄 몰랐어요."

"친구분에게 제발 진지하게 생각하라고 해 주세요." 정비공은 애원하듯 말했다. "적어도 차에 대해서는 말이에요."

"아."

우리는 리옹에서 북쪽으로 약 한 시간 정도 달리다가 비 때문에 멈추었다.

그날 비 때문에 선 것이 열 번은 족히 될 것이다. 대부분은 지나가는 소나기라서 금방 멈추었지만, 더 오래 내릴 때도 있었다. 만약 방수 코트를 입었더라면 봄비를 맞으며 즐겁게 계속 드라이브할 수 있었을 것이다. 비가 올 때마다 나무 아래에서 피하거나 길가의 카페에 멈추었다. 리옹의 호텔에서 싸 온 끝내주는 점심 도시락도 먹었다. 송로버섯을 넣은 맛있는 닭고기 구이, 맛있는 빵과 마콩산 화이트 와인이었다. 스콧은 차를 세우고 화이트 와인을 마실 때마다 무척이나 즐거워했다. 나는 마콩에서 훌륭한 와인을 네 병 더 샀고 필요할 때마다 병을 땄다.

스콧이 와인을 병째 마셔본 게 그날 처음이었는지는 모르겠지만 어쨌든 그는 잔뜩 들떠 있었다. 마치 순전한 호기심으로 빈민가를 탐방하는 것처럼 혹은 소녀가 태어나 처음으로 수영복을 입지 않고 알몸으로 수영하게 된 것처럼 말이다. 그러나 오후가 되자 그는 자기의 건강을 걱정하기 시작했다. 최근에 아는 사람이 둘이나 폐울혈로 사망했다고 했다. 둘 다 이탈리아에서 죽었고, 그에게는 적잖은 충격이었다.

폐울혈이 폐렴의 구식 표현이라고 말해 주자 스콧은 내가 그 병에 대해 아무것도 모르며 완전히 틀린 말이라고 했다. 폐울혈은 유럽에만 있는 질병이므로 내가 아무리 의사 아버지의 의학 서적을 읽어 본 적 있더라도 그 책은 미국에만 있는 병을 다루니 소용없다는 것이었다. 나는 아버지가 유럽에서도 공부했다고 말했다. 하지만 스콧은 폐울혈이 최근에 유럽에서만 나타난 질병이므로 우리 아버지가 그 병에 대해서 알 리가 없다고 주장했다. 같은 미국에서도 지역마다 질병이 다르므로 우리 아버지가 중서부가 아닌 뉴욕에서 의사로 일한다면 질병 전반에 대해 아는 지식이 뉴욕의 의사와 다를 거라고도 했다. 그는 정말로 '질병 전반'이라는 표현을 썼다.

나는 어떤 질병이 미국의 특정 지역에서만 발병하고 다른 지역에서는 발병하지 않는다는 그의 말이 좋은 지적이라고 했다. 뉴올리언스는 한센병의 발생률이 높은 반면, 시카고는 낮다는 점을 예로 들었다. 하지만 의사들 사이에는 지식과 정보를 교환하는 시스템이 마련되어 있으며 그가 폐울혈 이야기를 꺼내 대화를 나누다보니 《미국의학협회》 학술지에서 유럽의 폐울혈 역사가 히포크라테스까지 거슬러 올라간다는 내용의 권위 있는 논문을 읽은 기억이 난다고도 말해 주었다. 그 말을 들은 그는 한동안 말이 없었다. 나는 그에게 마콩산 화이트 와인을 한 잔 더 권했다. 입안에 너무 묵직하게 퍼지지 않고, 알코올 도수 낮은 훌륭한 화이트 와인은 폐울혈에 특효라면서 말이다.

이후 스콧은 기운이 나는 것 같았지만 얼마 가지 못했다. 그는 고열과 섬망 증상이 나타나기 전에 큰 도시에 도착할 수 있을지 물었다. 그게 유럽 폐울혈의 진짜 증상이라고 내가 조금 전에 말했던 것이다. 나는 파리 교외 뇌이에 있는 미국 병원으로 편도선을 지지러 갔다가 프랑스 의학지에서 폐울혈에 관한 기사를 읽었는데 지금 그 기사를 번역하고 있다고 했다. '지진다'라는 단어는 그의 불안을 누그러뜨리는 효과가 있었다. 그래도 그는 언제 대도시에 도착할지 계속 알고 싶어 했다. 서두르면 35분 정도 걸릴 거라고 답해 주었다. 스콧은 죽는 것이 두려운지 물었고 나는 가끔 그럴 때가 있다고 했다.

빗줄기가 거세지기 시작해 우리는 다음 마을의 카페로 피신했다. 그날 오후의 일들이 전부 다 자세히 기억나진 않지만, 마침내 호텔에 도착했을 때(샬롱쉬르손 마을이었을 것이다)는 너무 늦은 시간이라 약국이 전부 문을 닫은 뒤였다. 스콧은 호텔에 도착하자마자 옷을 벗고 잠자리에 들었다. 그는 자기가 폐울혈로 죽어도 상관없지만 자기가 죽으면 아내 젤다와 어린 스코티를 누가 돌봐 줄지가 걱정이라고 했다. 나는 몸은 건강해도 아내 해들리와 어린 아들 범비조차 제대로 건사하기 힘든 처지라서 내가 대신 돌봐 주겠다고 약속할 수도 없는 처지였다. 그래도 최선을 다하겠다고 하자 스콧은 고마워했다. 젤다가 술에 빠지지 않도록 잘 살펴보고 스코티에게는 영국인 가정 교사를 붙여 달라고 당부했다.

우리는 젖은 옷을 말려 달라고 호텔에 맡기고 잠옷으로 갈아입었다. 밖에는 여전히 비가 내리고 있었지만, 전등 켜진 방은 쾌적했다. 스콧은 병에 맞서 싸울 힘을 아끼기 위해 침대에 누워 있었다. 맥박을 재 보니 1분에 72회였다. 이마를 짚어 보았는데 열은 없었다. 그의 가슴에 귀를 대고서 심호흡을 해 보라고 했는데 별문제가 없는 것 같았다.

"이봐, 스콧. 자네 건강에는 아무 문제가 없어. 감기에 걸리지 않는 제일 좋은 방법은 침대에 누워 있는 거야. 자네가 마실 레모네이드와 내가 마실 위스키를 주문할 테니 레모네이드와 함께 아스피린을 먹도록 해. 그럼 기분도 좋아지고 감기에도 걸리지 않을 거야."

"엉터리 민간요법이야." 스콧이 말했다.

"열이 없다니까. 열도 안 나는데 어떻게 빌어먹을 폐울혈에 걸린다는 거야?"

"거친 말은 쓰지 말고. 열이 없는지 자네가 어떻게 알아?"

"맥박도 정상이고 이마를 만져봤을 때 열이 나지 않았잖아."

"'이마를 만져봤다'라." 스콧이 비꼬는 듯이 말했다. "자네가 진짜 친구라면 체온계로 재야지."

"난 지금 잠옷 차림이잖아."

"갖다 달라고 하면 되지."

종을 눌러 웨이터를 호출했다. 웨이터가 오지 않아서 다시 종을 눌렀지만 역시 깜깜무소식이었다. 결국에는 웨이터를 직접 부르러 복도로 나갔다. 스콧은 눈을 감고 누워 천천히 조심스럽게 숨을 쉬고 있었다. 밀랍 같은 피부와 완벽한 이목구비 때문에 죽은 십자군 병사처럼 보였다. 이것이 정녕 문학가의 삶이라면 나는 문학가의 삶에 싫증이 나기 시작했다. 일도 하지 못하고 있으니 시간 낭비에 불과한 하루가 저물 때마다 찾아오는 죽음 같은 외로움이 느껴졌다. 스콧도, 이 바보 같은 희극도 지긋지긋했지만 웨이터를 찾아서 돈을 주며 체온계와 아스피린을 사다 달라고 부탁했다. 레모네이드 두 잔과 더블 위스키 두 잔도 주문했다. 위스키 한 병

200

을 주문하려고 했지만, 잔으로만 판다고 했다.

방으로 돌아와 보니 스콧은 여전히 누워 있었다. 마치 그에게 바쳐진 기념비에 누운 것처럼 눈을 감은 채 품위 있게 숨을 쉬고 있었다.

내가 방에 들어오는 소리를 듣고 그가 말했다. "체온계 가져왔나?"

나는 다가가 그의 이마에 손을 짚었다. 무덤처럼 차갑지는 않았다. 열도 없고 축축하지도 않았다.

"아니."

"구해 올 줄 알았는데."

"사와 달라고 했어."

"그래도 자네가 구해 오는 것하곤 엄연히 다르지."

"그건 그래."

미친 사람에게 화내는 것과 마찬가지니, 스콧에게는 계속 화내봤자 소용이 없었다. 하지만 이렇게 바보 같은 상황에 휘말린 자신에게 화가 치밀었다. 하지만 그의 말도 일리가 있다는 것을 나는 잘 알고 있었다. 지금은 거의 사라진 병이지만 당시 술꾼들은 대부분 폐렴으로 사망했다. 하지만 스콧은 술꾼이라고 할 수도 없을 정도로 주량이 약했다.

당시 유럽에서는 와인을 음식으로 여겼다. 몸에도 좋고 행복과 안녕과 기쁨을 주는 기분 좋은 것으로 취급받았다. 와인을 마시는 건 있어 보이는 척하는 행동도 아니고 세련되었다는 신호도, 광신도 같은 짓도 아니었다. 그저 음식을 먹는 것만큼이나 자연스러운 일이었다. 나에게는 꼭 필요한 일이기도 했다. 와인이나 사과주, 맥주를 곁들이지 않고 식사를 한다는 것은 상상조차 할 수 없었다. 달거나 너무 묵직하게 퍼지는 와인이 아니면 전부 다 좋아했다. 그런 나로서는 그렇게 달지 않고 가벼운 마콩산 화이트 와인 몇 병을 나눠 마셨다고 알코올의 영향으로 바보가 되어 버린 스콧의 모습이 도무지 이해되지 않았다. 물론 아침에 위스키와 탄산수를 마시기도 했지만 알코올 중독자에 대해 무지했던 나는 위스키 한 잔이 빗속에서 지붕 없는 차를 운전한 사람에게 해로울 수 있다는 사실을 상상조차 할 수 없었다. 당연히 술기운이 금방 사라질 줄 알았다.

웨이터가 부탁한 물건을 가져오길 기다리는 동안 자리에 앉아 신문을 읽었다. 차를 마지막으로 세웠을 때 땄던 와인을 다 비웠다. 프랑스의 일간 신문에는 하루도 빠지지 않고 엄청난 범죄 사건이 실린다. 범죄 기사들을 읽노라면 연재 소설 같다는 생각이 든다. 미국의 연재 소설과 달리 줄거리 요약이 제공되지 않으므로 시작 부분을 꼭 읽어야 한다. 미국의 잡지에서 연재되는 소설은 가장 중요한 시작 부분을 잘 읽어 두지 않으면 제대로 된 재미를 느낄 수 없다. 프랑스에서 여행하는 동안 신문을 읽으면 재미가 없어서 실망하게 된다. 동네 카페에서 신문을 읽을 때와 달리 여행하는 동안 범죄와 사건, 스캔들의 흐름을 따라잡지 못했기 때문에 재미를 잃는다. 이날도 카페에 앉아 파리 조간신문들을 읽으며 오가는 사람들을 구경하고 저녁 식사에 마콩보다 좋은 와인을 곁들여 마셨다면 훨씬 좋았을 것이다. 하지만 스콧을 잘 돌보면서 지금 이곳에서의 시간을 즐겨 보는 수밖에 없었다.

웨이터가 레모네이드 두 잔과 얼음, 위스키, 탄산수 한 병을 들고 왔다. 약국이 문을 닫아서 체온계는 구하지 못했다고 했다. 그래도 아스피린은 어딘가에서 빌려 왔다. 나는 그에게 체온계도 빌릴 만한 데가 있는지 알아봐 달라고 부탁했다. 스콧이 눈을 번쩍 뜨고는 악의에 찬 아일랜드인의 눈빛으로 웨이터를 노려보았다.

"지금 얼마나 심각한 상황인지 제대로 말한 거 맞아?" 그가 나에게 물었다.

"알겠지."

"그래도 확실하게 말해 줬으면 해."

내가 확실하게 설명하자 웨이터는 "한번 알아보겠습니다."라고 했다.

"팁은 넉넉히 준 거야? 저 인간들은 팁을 많이 줘야 제대로 일하거든."

"그건 몰랐네. 호텔에서 따로 챙겨주는 줄 알았는데."

"따로 부탁할 때는 팁을 많이 주지 않으면 안 움직여. 저들은 뼛속까지 썩었거든."

에반 시프먼이 생각났다. 미국식 바가 생기는 바람에 콧수염을 깎을 수밖에 없었던 클로즈리 데 릴라의 웨이터도 떠올랐다. 에반 은 내가 스콧을 만나기 훨씬 전부터 몽루주에 있는 웨이터의 집에 서 정원 일을 도와주고 있었다. 우리 모두 릴라에서 오랫동안 좋은 친구로 지냈다. 우리가 서로를 대하는 태도가 떠오르면서 그것이 어떤 의미인지 새삼 생각해 보게 되었다. 물론 전에도 언급한 적 있겠지만, 스콧에게 릴라의 친구들에 대한 이야기를 해 줄까 싶었 다. 하지만 그는 분명 웨이터들이나 그들의 고민, 그들의 커다란 친 절과 애정에 관심이 없을 터였다. 당시 스콧은 프랑스 사람들을 싫 어했다. 그가 자주 만나는 프랑스인은 말도 통하지 않는 웨이터와 택시 기사, 자동차 정비공, 집주인뿐이어서 그에게는 프랑스인을 모욕하고 함부로 대할 기회가 많았다.

그는 프랑스인보다 이탈리아인을 훨씬 더 싫어했다. 술을 마시 지 않은 상태에서도 이탈리아 이야기만 나오면 흥분해서 떠들었 다. 영국인도 싫어하는 편이었지만 가끔은 너그러이 봐주기도 했 고 우러러볼 때도 있었다. 그가 독일인과 오스트리아인에 대해서 는 어떻게 생각했는지 모른다. 그 나라 사람들을 만난 적이나 있는 지도 잘 모르겠다. 스위스인도 그렇고.

그날 저녁 호텔에서는 그가 꽤 침착한 모습이라 기뻤다. 나는 레모네이드에 위스키를 섞어서 아스피린 두 알과 함께 그에게 주 었다. 그는 아무런 불만 없이 아스피린을 삼키고 술을 마셨다. 놀라울 정도로 차분했다. 아까와 달리 눈을 뜬 상태였고, 먼 곳을 보고 있었다. 나는 신문에 실린 범죄 기사를 읽고 있었는데 그 모습이 지나치게 즐거워 보였던 모양이었다.

"자네는 피도 눈물도 없는 차가운 사람이야. 그렇지?" 스콧이 말했다. 그를 바라보는 순간 내 처방이, 어쩌면 내 진단까지도 잘못되었고 위스키가 우리에게 좋지 않은 영향을 끼치고 있다는 걸 알 수 있었다.

"그게 무슨 말인가, 스콧?"

"거기 앉아서 더러운 프랑스 신문 쪼가리나 읽고 있잖아. 내가 죽어가는 건 신경도 안 쓰고."

"의사를 불러 줄까?"

"아니. 더러운 프랑스 시골 의사 따윈 필요 없어."

"그럼 어떻게 해 줄까?"

"난 체온을 재고 싶어. 말린 옷을 입고 파리행 급행열차를 타고 뇌이에 있는 미국 병원에 가고 싶어."

"우리 옷은 아침이나 되어야 마를 거고 급행열차도 없어. 좀 쉬다가 침대에서 저녁을 먹는 게 어때?"

"체온을 재고 싶다니까."

의미 없는 대화가 한참 이어졌다. 마침내 웨이터가 체온계를 가져왔다.

"이것밖에 구할 수 없었나요?" 내가 물었다. 웨이터가 왔을 때 스콧은 눈을 감고 있었는데 조각가 카미유 클로델만큼이나 정신이 나간 것처럼 보였다. 그렇게 빨리 얼굴에 핏기가 사라지는 사람은 처음이었다. 그 피가 다 어디로 갔을지 궁금했다.

"호텔에는 이것뿐입니다." 웨이터가 나에게 체온계를 건넸다. 욕조의 온도를 재는 온도계였다. 뒷면이 나무로 되어 있고, 욕조에 가라앉도록 금속의 소재도 적당히 들어가 있었다. 나는 레모네이드 섞은 위스키를 급하게 꿀꺽 마시고 창문을 열어 빗줄기를 바라보았다. 돌아서니 스콧이 나를 보고 있었다.

나는 전문가처럼 능숙하게 온도계를 흔들며 말했다. "항문에 넣는 온도계가 아니어서 다행이지."

"이건 어디에 넣는데?"

"겨드랑이에." 내가 내 겨드랑이에 온도계를 끼웠다.

"그러면 온도가 올라가잖아." 스콧이 말했다. 나는 다시 온도계를 아래쪽으로 한 번 흔들고, 그의 잠옷 상의 단추를 풀고 겨드랑이에 끼웠다. 그다음에는 그의 차가운 이마를 짚어 보고 맥박도 다시 쟀다. 그는 앞을 똑바로 보고 있었다. 맥박은 1분에 72회였다. 온도계는 4분 동안 그대로 두었다.

"1분만 재면 될 줄 알았는데." 스콧이 말했다.

"온도계가 크잖아. 온도계 크기의 제곱만큼 시간을 늘려야지. 이건 섭씨온도계야."

온도계를 꺼내 독서등 옆으로 가져갔다.

"몇 도야?"

"37.6도."

"정상이 몇 도인데?"

"이게 정상이야."

"확실해?"

"물론이지."

"자네 체온도 재 봐. 확실하게 확인해야겠어."

나는 온도계를 아래로 흔든 다음 잠옷 단추를 풀고 겨드랑이에 온도계를 끼웠다. 시간을 정확히 잰 다음에 온도계를 꺼내 살펴보았다.

"몇 도야?" 스콧이 물었다.

"자네하고 정확히 똑같아."

"기분은 어때?"

"아주 좋아." 내가 말했다. 사실 나는 37.6도가 정말로 정상 체온인지 아닌지를 기억하려 애쓰고 있었다. 하지만 중요한 문제는 아니었다. 아무런 영향도 받지 않은 상태에서 온도계의 온도는 30도였으니까.

아직 의심이 사라지지 않은 듯한 스콧에게 체온을 다시 재 보겠느냐고 물었다.

"아니. 이렇게 빨리 상태가 좋아졌으니 다행이지. 난 평소에 회복력이 아주 좋은 편이야."

"자네 지금 안 아프다니까. 그래도 계속 침대에 누워서 쉬고, 저녁도 가볍게 먹는 게 좋을 것 같아. 내일 아침에 일찍 출발하지." 우리 두 사람의 비옷을 사려고 했지만 그러려면 그에게 돈을 빌려야 하는데 지금은 이러쿵저러쿵 실랑이하고 싶은 기분이 아니었다. 스콧은 침대에 누워 있으려 하지 않았다.

그는 일어나 옷을 입고 아래층으로 내려가 젤다에게 전화를 걸어 자기가 잘 있다고 말해 줘야겠다고 했다.

"자네 아내가 왜 지금 자네가 괜찮지 않을 거라고 생각하는 거지?"

"당연히 괜찮다고 얘길 해 줘야지. 결혼한 후 아내와 떨어져 자는 건 처음이니까. 이게 우리 부부에게 얼마나 중요한 일인지 자네도 알겠지?"

이해가 되긴 했지만 바로 전날 밤에는 그와 젤다가 어떻게 함께 잘 수 있었는지 의아했다. 하지만 따질 일은 아니었다. 스콧은 레모네이드 섞은 위스키를 단숨에 마시고는 한 잔 더 주문해 달라고 했다. 나는 웨이터를 찾아가 온도계를 돌려주면서 우리 옷이 얼마나 말랐는지 물었다. 한 시간 정도 지나면 마를 거라고 했다. "세탁 담당 직원한테 다림질을 맡기면 마를 겁니다. 아주 바싹 마르지 않아도 돼요."

웨이터가 감기 예방에 좋은 술을 두 잔 가져왔다. 나는 음료를 마시면서 스콧에게 천천히 마시라고 했다. 그가 감기에 걸릴까 봐 걱정스러웠다. 그가 감기만 걸려도 병원에 입원하려고 난리 칠 사람이라는 걸 이제는 확실히 알았다. 하지만 술을 마시고 기분이 좋아진 스콧은 결혼 후 처음으로 아내와 떨어져 자게 된 비극적인 상황에 대해서 크게 불평하지 않았다. 잠시 후에는 더 이상 기다리지 못하겠다면서 가운을 걸치고 아내에게 전화를 걸러 갔다.

전화가 연결되려면 시간이 좀 걸릴 터였다. 그가 방으로 돌아오자마자 웨이터가 레몬 섞은 위스키 두 잔을 더 가져왔다. 스콧이 이렇게 술을 많이 마신 적은 처음이었지만 평소보다 활기차고 말이 많아진 것 말고는 변화가 없었다. 그는 젤다와의 생활에 대해 이야기하기 시작했다. 전쟁 중에 젤다를 처음 만났고, 연락이 끊겼다가 다시 만났다고 했다. 그녀와의 결혼 생활과 약 1년 전 생라파엘에서 일어난 비극적인 사건에 대해서도 말해 주었다. 그는 젤다와 프랑스 해군 조종사가 사랑에 빠진 이야기를 들려주었는데 처음 들려준 버전은 정말로 슬픈 이야기였다. 나는 그것이 실화라고 믿었다. 나중에 그는 그 이야기를 소설에 사용하려는 듯 약간 다른 버전들로도 들려주었다. 하지만 그 어떤 버전도 첫 번째 것만큼 슬프지는 않았다. 전부 다 사실일지도 모르지만, 나는 첫 번째가 사실이라고 믿었다. 새로 들려줄 때마다 이전보다 훌륭했지만 처음 것만큼 마음을 아리게 하진 못했다.

스콧은 표현력이 아주 좋았고, 이야기를 매우 잘 전달했다. 철자나 구두점에는 별로 신경 쓰지 않았지만, 교양 없는 사람이 쓰고 수정도 하지 않은 글을 읽는 느낌은 들지 않았다. 그가 내 이름의 철자를 제대로 쓸 수 있게 되기까지는 2년이나 걸렸다. 하지만 그에게는 철자를 제대로 쓰기에는 너무 긴 이름이라서 쉽지 않았을 텐데 어쨌든 정확하게 쓸 수 있게 되었으니 칭찬할 만한 일이었다. 그는 내 이름보다 더 중요한 것들의 철자를 제대로 익혔고 더 많은 것에 대해 논리적으로 생각하려고 노력했다.

그날 밤 호텔에서 그는 내가 생라파엘에서 어떤 일이 일어났는지를 알고 이해하고 제대로 인식하기를 원했다. 덕분에 내 눈에는 모든 게 선명하게 보이는 듯했다. 다이빙대 위에서 윙윙거리는 1인용 수상 비행기, 바다의 색깔, 부교의 모양과 그것이 드리우는 그림자, 젤다와 스콧의 그을린 피부, 두 사람의 짙은 금발과 밝은 금발, 젤다와 사랑에 빠진 청년의 구릿빛 피부. 머릿속에 맴도는 질문을 입 밖으로 꺼낼 순 없었다. 이 이야기가 사실이고 정말로 있었던 일이라면 자네는 어떻게 매일 밤 젤다와 한 침대에서 잘 수 있었던 거지? 하지만 바로 그 점 때문에 이 이야기가 지금껏 들어본 그 어떤 이야기보다 슬픈 것인지도 몰랐다. 어쩌면 그는 전날 밤을 제대로 기억하지 못하듯 그 일을 제대로 기억하지 못하는 것일 수도.

전화가 연결되기 전에 옷이 먼저 도착했다. 우리는 옷을 갈아입고 저녁을 먹으러 아래층으로 내려갔다. 스콧은 약간 불안정해 보였고, 적대적인 눈빛으로 사람들을 흘겨보았다. 가장 먼저 플뢰리 와인을 곁들인 맛있는 달팽이 요리를 먹었다. 절반쯤 먹었을 때 전화가 연결되었다. 스콧은 전화를 받으러 가서 한 시간 정도 자리를 비웠다. 나는 버터와 마늘, 파슬리가 들어간 소스에 찍어서 그의 달팽이 요리까지 먹었다. 남은 빵 조각까지 소스에 찍어 싹 비우고 플뢰리 와인을 마셨다. 돌아온 스콧에게 달팽이 요리를 더 시켜 주겠다고 했지만 됐다고 했다. 더 간단한 걸 먹겠다고 했다. 스테이크도, 간 요리도, 베이컨도, 오믈렛도 싫다고 했다. 그는 닭고기를 선택했다. 점심 도시락으로 아주 훌륭한 차가운 닭고기를 먹었지만, 닭고기로 유명한 동네이니 닭고기 요리인 풀라르드 드 브레스 Poularde de Bresse와 인근에서 생산되는 가벼운 몽타니 화이트 와인 한 병을 시켰다. 스콧은 요리를 거의 먹지 않고, 와인도 한 잔만 홀짝거렸다. 그러더니 갑자기 머리를 움켜쥐고 테이블로 쓰러졌다. 전혀 연기처럼 보이지 않았다. 오히려 뭔가를 흘리거나 깨뜨리지 않으려고 조심하는 것처럼 보였다. 웨이터와 함께 그를 일으켜 방으로 데려와서 침대에 눕혔다. 속옷만 남기고 옷을 전부 벗겨서 걸어 두고 침대 시트를 벗겨서 그를 덮어 주었다. 창문을 열어 보니 비가 그치고 날씨가 개어서 그대로 열어 두었다.

나는 아래층으로 내려가 저녁 식사를 마저 하면서 스콧에 대해 생각했다. 그는 술을 마셔서는 안 되는데 내가 그를 잘 돌봐주지 못한 게 분명했다. 종류에 상관없이 뭐든 술을 마시면 그에게 너무 큰 자극이 되어 결국 독으로 돌아오는 것 같았다. 다음 날부

터는 술을 되도록 마시지 못하게 해야겠다고 다짐했다. 그에게 이
제 파리로 돌아가자고, 글쓰기 전에 술을 줄이는 연습을 할 거라
고 말할 생각이었다. 물론 그건 사실이 아니었다. 내가 하고 있는
훈련은 저녁 식사 이후나 글을 쓰기 전에 또는 글을 쓰면서는 절
대로 술을 마시지 않는 것이었으니까. 방으로 올라가서 창문을 활
짝 열었다. 옷을 벗고 침대에 눕자마자 잠이 들었다.

다음 날은 날씨가 좋았다. 우리는 차를 몰고 코트 도르를 지나
파리로 향했다. 비에 씻겨 나간 공기가 깨끗하고 상쾌했으며 언덕
과 들판, 포도밭도 모두 새 옷으로 갈아입은 듯했다. 스콧은 몸 상
태도 좋고 매우 활기차고 행복해 보였다. 그는 마이클 아렌이 쓴
책의 줄거리를 한 권도 빠뜨리지 않고 전부 다 말해 주었다. 그는
마이클 아렌은 주목해야 하는 작가라면서 우리 둘 다 배울 점이
많다고 했다. 내가 읽어 본 적이 없다고 하자 그는 읽지 않아도 된
다면서 모든 작품의 줄거리를 알려 주고 캐릭터들에 대해 설명해
주었다. 한마디로 스콧은 나에게 마이클 아렌에 관한 박사 논문을
읽어준 것이었다.

젤다와 통화할 때 전화 연결 상태가 괜찮았는지 물었다. 그는
나쁘지 않았고, 서로 할 이야기가 많았다고 했다. 식사 시간에 나
는 가장 가벼운 와인을 주문했다. 스콧에게는 글쓰기 전에 술을
반병 이상 마시지 않는 훈련을 해야 하니 내가 술을 추가 주문하

지 않도록 도와 달라고 부탁했다. 그는 기꺼이 협조해 주었다. 병에 담긴 와인이 줄어들수록 불안해하는 나에게 자기 잔의 와인을 나눠주기까지 했다.

드디어 그의 집에 도착했다. 헤어져 택시를 타고 집으로 돌아와 아내를 보니 무척이나 반가웠다. 우리는 라 클로즈리 데 릴라로 한 잔하러 갔다. 떨어져 있다가 다시 만난 아이들처럼 행복했다. 아내에게 여행 이야기를 들려주었다.

"전혀 재미도 없고, 배운 것도 없었어요, 타티?" 그녀가 물었다.

"마이클 아렌에 대해 배웠지. 귀담아듣진 않았지만. 아직 내가 해결하지 못한 문제가 뭔지도 배웠고."

"스콧은 전혀 만족하지 않았나요?"

"그런 것 같아."

"딱해라."

"그래도 하나 배운 게 있어."

"뭔데요?"

"좋아하지 않는 사람과는 절대 같이 여행 가면 안 된다는 것."

"여행은 좋잖아요?"

"좋지. 우린 스페인으로 여행을 갈 거고."

"그래요. 이제 6주도 안 남았네요. 올해 우리의 여행은 그 누구도 망치지 못하게 해요. 그럴 거죠?"

"당연하지. 팜플로나 다음에는 마드리드와 발렌시아에 갈 거야."

"음-음-음-음." 아내가 고양이처럼 부드러운 소리로 답했다.

"불쌍한 스콧." 내가 말했다.

"다 불쌍해요. 우리는 돈은 없어도 부자인 고양이들이에요."

"우린 정말 운이 좋아."

"우린 앞으로도 계속 운이 좋을 거예요."

우리 둘 다 카페의 나무 테이블을 두드렸다. 웨이터가 우리에게 무엇이 필요한지 살펴보러 왔다. 하지만 웨이터도, 그 누구도, 이 카페의 테이블 상판처럼 나무와 대리석을 두드린다고 해서 우리에게 필요한 걸 가져다줄 수는 없었다. 하지만 그날 우리는 그 사실을 알지 못했고 그저 행복했다.

여행을 다녀온 지 하루인가 이틀이 지난 후 스콧이 자기 책을 가져왔다. 표지가 상당히 요란했다. 너무 과격하고 전혀 세련되지 않고 모호해서 당황했던 기억이 난다. 허접한 공상 과학 소설 표지 같은 느낌이었다. 스콧은 표지만 보고 싫어하지 말라고 했다. 그 표지가 책의 이야기에 중요한 롱아일랜드의 고속도로 주변에 세워진 광고판과 관련 있다면서. 그는 처음에는 표지가 마음에 들었지만, 지금은 아니라고도 했다. 나는 표지를 벗기고 책을 읽었다.

책을 다 읽고 나서 나는 스콧이 무슨 짓을 해도, 어떤 식으로 행동해도 일종의 병이나 마찬가지이니 어떻게든 도와주고 좋은 친구가 되도록 노력하자고 결심했다. 그에게는 이미 좋은 친구들이 많았다. 내가 아는 그 누구보다도 많았다. 내가 그에게 도움이 될 수 있을지 모르지만 나도 그의 친구 중 한 명이 되기로 했다. 『위대한 개츠비』 같은 좋은 책을 쓸 수 있는 사람이라면 분명 그보다 훨씬 더 훌륭한 책도 쓸 수 있으리라. 당시 나는 아직 젤다를 만나보지 못한 터라 스콧의 상황이 그렇게까지 나쁜지 알지 못했다. 하지만 곧 알게 된다.

4부

초조한 마음

미친 소설가 부부

스콧 피츠제럴드가 아내 젤다, 어린 딸과 함께 점심을 먹자고 틸시트 14번지의 가구가 비치된 셋집으로 우리를 초대했다. 그 아파트에 대해서는 잘 기억나지 않지만 어둡고 공기가 잘 통하지 않았다. 그리고 표지에 금색의 제목이 들어가고 밝은 파란색 가죽으로 제본한 스콧의 초기 작품들 이외에 그 가족의 소유라고 할 만한 물건들이 거의 없는 것 같았다. 스콧은 해마다 출간한 단편들에 관한 정보를 적어 두는 커다란 장부도 보여 주었다. 거기에는 모든 작품의 원고료, 영화 판권이 팔렸을 경우에 받은 액수, 책들의 판매량과 인세도 적혀 있었다. 항해 일지만큼이나 꼼꼼한 기록이었다. 장부를 보여 주는 스콧은 박물관의 큐레이터 같았지만 자랑스러운 기색은 전혀 없었다. 그는 약간 초조해 보였지만 우리를 친절하게 맞아 주었고, 마치 전시회라도 열린 듯 자기의 소득 장부를 보여 주었다. 물론 전시회는 아니었다.

젤다는 지독한 숙취에 시달리고 있었다. 그들은 전날 밤 몽마르트르에 갔는데 스콧이 술을 마시지 않겠다고 해서 싸웠다고 했다. 스콧은 이제 술을 끊고 열심히 글을 쓰기로 결심했는데, 젤다는 스콧을 분위기 파악하지 못하고 흥을 깨는 사람 취급을 한 것이다. 젤다는 분명 그렇게 말해 놓고도 다툼이 일어나면 "난 그런 말 한 적 없어요. 거짓말하지 말아요, 스콧."이라는 말로 부정하고, 나중에 무언가가 기억난 것처럼 혼자 재미있다는 듯 웃는다고 했다.

이날 젤다는 상태가 별로 좋아 보이지 않았다. 그녀의 아름답고 짙은 금발은 비 때문에 차를 버려야 했던 리옹에서 파마를 잘못하는 바람에 망가져 있었다. 눈에는 피곤함이 가득했고 얼굴은 핼쑥하며 긴장한 듯했다.

그녀는 해들리와 나를 형식적으로는 반갑게 맞이해 주었다. 하지만 마음은 여전히 그날 아침 집에 돌아왔을 정도로 밤새 즐긴 파티에 가 있는 듯했다. 그녀와 스콧 둘 다 우리가 리옹 여행에서 즐겁게 지냈다고 생각하는 모양이었다. 특히 그녀는 그 사실을 질투하고 있었다.

"두 사람은 여행에서 즐겁게 지냈잖아요. 그러니 나도 파리에서 친구들이랑 재미있게 놀아야 공평하죠." 그녀가 스콧에게 말했다.

스콧은 손님을 초대한 주인의 역할을 완벽하게 해냈다. 하지만 점심 식사는 형편없었다. 와인이 그나마 분위기를 살려 주었지만 그마저도 대단한 건 아니었다. 그들의 어린 딸은 금발의 통통한 소녀였고 아주 건강해 보였으며 런던 억양이 강한 영어를 사용했다. 스콧은 아이가 다이애나 매너스 자작 부인처럼 말하기를 바라서 영국인 유모를 붙였다고 설명했다.

젤다는 매의 눈과 얇은 입술, 남부 출신 특유의 억양과 태도가 두드러졌다. 그녀의 얼굴을 보면 마음은 지금 이 자리를 떠나 전날 밤의 파티로 돌아가서 고양이처럼 눈이 멍해진 것을 알 수 있었다. 머릿속에서 파티로 돌아간 즐거움이 그녀의 긴 입술에 머무르다가 사라졌다. 스콧은 유쾌하고 친절한 주인이었다. 젤다는 스콧을 바라보았고, 그가 와인을 마실 때면 그녀의 눈가와 입가에 행복한 미소가 떠올랐다. 나는 그 미소가 무엇을 뜻하는지 알게 되었다. 스콧이 글을 쓸 수 없다는 사실을 안다는 뜻이었다.

젤다는 스콧의 작품을 질투했다. 그 부부에 대해 알게 될수록 그 질투심에는 규칙적인 패턴이 있음을 알 수 있었다. 스콧은 밤새 술잔치가 벌어지는 자리에 가지 않고 매일 규칙적으로 운동하고 글을 쓰기로 다짐했다. 하지만 스콧이 글을 쓰기 시작하고 한창 집중하고 있을 때마다 젤다는 지루하다고 불평을 늘어놓으면서 그를 술자리에 데려가곤 했다. 두 사람은 그렇게 싸우다가 화해했다. 스콧은 술을 깨려고 나와 함께 오랫동안 산책했고, 이번에는 정말로 열심히 일하겠다고 다짐하며 다시 열심히 일하기 시작했다. 하지만 그때마다 젤다의 만행이 또 반복되었다.

스콧은 젤다를 매우 사랑했고, 그녀에 대한 질투심도 있었다. 그는 나와 산책할 때 아내가 프랑스 해군 조종사와 사랑에 빠졌던 이야기를 몇 번이나 했는지 모른다. 하지만 그 후로 그녀가 또다시 다른 남자 때문에 그를 질투하게 만든 일은 없었다. 그러나 그해 봄 젤다는 다른 여자들과 어울려 스콧이 여자들을 질투하게 했다. 그는 몽마르트르 파티에서 자기 부부가 기절할까 봐 두려웠다. 술을 마셔서 정신을 잃는 것이 두 사람 모두에게 훌륭한 방어 수단이기 때문이었다. 그들은 자기 전에 주량이 센 사람이라면 아무렇지도 않을 양의 술이나 샴페인을 마시고 어린아이처럼 곯아떨어졌다. 나도 그들이 술에 취한 것이 아니라 마취제라도 맞은 것처럼 의식을 잃는 모습을 본 적이 있었다. 그럴 때면 친구들이나 가끔은 택시 기사가 그들을 침대로 데려가 주었다. 그들은 몸에 무리가 갈 만큼 많은 양을 마시지 않는데도 정신을 잃기 때문에 다음 날 오히려 개운하고 기분 좋은 상태로 깨어났다.

이제 그들은 이 자연스러운 방어 수단을 잃었다. 당시 젤다는 스콧보다 주량이 늘어난 상태였다. 그해 봄, 스콧은 젤다가 사람들과 어울리거나 어딘가에 갔을 때 정신을 잃을까 봐 두려웠다. 스콧은 그 사람들도, 그 장소들도 싫어했다. 그는 주량보다 많이 마시고도 자신을 통제할 수 있고 마음에 들지 않는 사람과 장소에 맞설 수 있어야 했다. 평소 같았으면 기절했을 때가 지나서까지 계속 깨어 있기 위해 술을 마셔야 했다. 결국은 글을 쓸 시간이 거의 없었다.

그는 글을 쓰려고 매일 같이 노력했다. 하루도 빠짐없이 시도했지만, 늘 실패로 돌아갔다. 그는 실패의 원인을 파리 탓으로 돌렸다. 작가가 글을 쓰기에 가장 좋은 도시를 말이다. 그는 젤다와 다시 잘 살아갈 수 있는 장소가 어딘가에 있을 거라고 생각했다. 리비에라를 떠올렸다. 아름다운 푸른 바다와 모래 해변, 소나무 숲과 에스테렐 산맥이 바다로 이어지는 개발되기 전의 모습. 그의 기억 속 리비에라는 여름에 사람들이 몰리기 전 아내와 그곳을 처음 찾았을 때의 모습이었다.

스콧은 나에게도 리비에라 이야기를 했다. 다음 여름에 아내와 꼭 가 보라고 했다. 너무 비싸지 않은 숙소를 구해 둘 테니 둘이 매일 열심히 글을 쓰자고. 수영도 하고 해변에 누워 피부도 태우고 점심 전과 저녁 전에 아페리티프를 딱 한 잔씩만 하자고. 스콧은 젤다도 그곳에서 행복할 거라고 말했다. 그녀는 수영을 좋아하고 다이빙 실력도 뛰어나니 그곳 생활에 만족할 것이며 남편이 글을 쓰기를 원할 것이고 모든 것이 순조로워질 것이라고. 그는 젤다, 딸과 함께 그해 여름을 리비에라에서 보낼 예정이었다.

나는 스콧이 그의 실력을 그대로 담아 글을 쓰게 하려고 애썼다. 그가 예전에 설명해 준 것처럼 팔기 위해서 고치지 않고 말이다.

"자네는 훌륭한 소설을 썼어. 그러니까 이제 쓰레기 같은 글은 쓰면 안 돼."

"그 소설은 잘 팔리지도 않아. 난 잘 팔리는 단편을 써야 한다고."

"자네가 쓸 수 있는 최고의 단편을 써. 자네 마음에서 나오는 그대로 쓰라고."

"그럴 거야."

하지만 당시의 상황을 보면 그가 무슨 글이든 쓰기만 한다면 다행이었다. 젤다는 자신을 쫓아다니는 사람들은 자기와 아무런 상관도 없고 자기가 그러라고 부추긴 것도 아니라고 말했다. 그러면서도 그녀는 그런 사람들을 재미있어했다. 결국 스콧은 질투심에 사로잡혀 그녀가 가는 곳마다 따라다니느라 글을 쓸 수가 없었다. 그리고 그녀는 그 무엇보다 그가 글을 쓰는 것을 질투했다.

그해 늦봄과 초여름 내내 스콧은 글을 쓰려고 안간힘을 썼지만, 찔끔찔끔 쓰는 수준밖에 되지 못했다. 그는 만날 때마다 활기찬 모습이었다. 필사적일 만큼 밝아 보일 때도 있었다. 재미있는 농담도 많이 하고 같이 있으면 즐거웠다. 그의 상태가 좋지 않을 때면 나는 아내에 관한 그의 고민 이야기를 들어주었다. 자신을 잃지 않고 꿋꿋하게 잘 버틴다면 진정성 있는 글을 쓸 수 있으며 세상에 돌이킬 수 없는 건 죽음뿐이라고 설득했다. 그러면 스콧은 스스로를 비웃었다. 나는 그가 자신을 비웃을 만한 여유가 있다면 괜찮을 거라고 생각했다. 그래도 그는 이런 상황을 거치면서 「부잣집 아이」라는 아주 훌륭한 단편을 썼다. 나는 나중에 그가 더 좋은 작품을 쓸 수 있을 거라고 생각했고, 정말로 그랬다.

여름 동안 우리 부부는 스페인에서 지냈다. 나는 장편 소설의 초고를 쓰기 시작해 그해 9월에 파리로 돌아와 완성했다. 스콧과 젤다는 카프 당티브에 다녀왔다. 가을에 파리에서 다시 만났을 때 스콧은 많이 변해 있었다. 리비에라에서 지낼 때 술을 멀리하려는 노력을 전혀 하지 않았고, 이제는 밤낮 할 것 없이 취한 모습이었다. 그는 내가 일하는 중이든 아니든 전혀 개의치 않고 밤이든 낮이든 술에 취한 채로 노트르담 데 샹 거리 113번지의 우리 집을 찾아왔다. 그리고 그는 아랫사람이나 자기보다 못하다고 생각하는 사람들에게 매우 무례하게 굴기 시작했다.

한번은 그가 어린 딸과 함께 제재소 안을 지나쳐 - 영국인 보모가 쉬는 날이었다 - 우리 아파트로 들어왔는데 딸이 계단 아래에서 화장실에 가고 싶다고 했다. 스콧이 아이의 옷을 벗기기 시작하는 걸 우리 아래층에 사는 집주인이 들어오다가 보고 말했다. "무슈, 저기 바로 앞을 보시면 계단 왼쪽에 화장실이 있습니다."

스콧은 그 말에 이렇게 대답했다. "그래. 조심하지 않으면 네 머리도 변기에 처박아 주지."

그는 그해 가을 내내 문제가 매우 많았지만, 그래도 제정신일 때는 소설을 쓰기 시작했다. 사실 거의 드물었지만 술에 취하지 않았을 때는 항상 유쾌했다. 여전히 농담을 잘했고, 가끔은 자신을 농담거리로 삼기도 했다. 하지만 술에 취하면 대개 우리 집에 찾아왔다. 젤다가 그의 일을 방해하면서 기쁨을 느끼듯 내가 글을 쓰지 못하도록 방해하면서 즐거워하는 것처럼 보일 정도였다. 이런 상태가 몇 년이나 이어졌다. 하지만 멀쩡할 때만큼은 스콧처럼 충직한 친구도 없었다.

1925년 가을, 그는 내가 『태양은 다시 떠오른다』의 초고를 보여 주지 않으려고 하자 화를 냈다. 나는 수정해서 다시 쓰기 전까지는 아무런 의미가 없다고, 초고를 누구에게도 보여 주거나 그에 대한 이야기를 나누고 싶지 않다고 했다. 우리 부부는 첫눈이 내리는 대로 오스트리아 포어아를베르크의 슈룬스로 떠날 예정이었다. 슈룬스에서 원고의 전반부를 고쳐 써서 1월에 끝냈다. 그 원고를 뉴욕으로 가져가 스크리브너 출판사의 맥스웰 퍼킨스에게 보여 주고 슈룬스로 돌아와 남은 부분을 마저 고쳤다. 스콧에게 보여 준 건 고쳐쓰기를 완전히 끝낸 원고를 4월 말에 스크리브너로 보낸 후였다. 그와 원고에 대해 농담을 나누었다. 그는 언제나 그렇듯 이미 끝난 문제에 대해 걱정하며 도와주고 싶어서 조바심을 냈다. 하지만 원고를 다시 쓰는 동안에는 그의 도움을 원치 않았다.

내가 포어아를베르크에서 지내며 소설을 고쳐 쓰는 동안 스콧은 아내와 딸을 데리고 파리를 떠나 피레네강 하류에 있는 온천 도시로 갔다. 젤다는 샴페인을 너무 많이 마셔서 장에 나타나는 증상으로 건강이 좋지 않았다. 당시에는 대장염으로 진단되는 병이었다. 스콧은 술을 끊고 글을 쓰기 시작했다. 그는 우리 가족에게 6월에 쥐앙레팽으로 오라고 했다. 우리가 머물 저렴한 별장을 찾아줄 것이고, 이번에는 절대로 술을 마시지 않겠다고 약속했다. 수영도 하고 건강에 좋은 일광욕도 하고, 점심과 저녁 식사 전에 아페리티프를 딱 한 잔만 할 것이라고. 예전처럼 즐겁게 지낼 수 있을 거라고 했다. 젤다는 건강이 회복되었고, 둘 사이도 괜찮고, 그의 소설 집필도 순조롭게 진행되고 있었다. 스콧은 『위대한 개츠비』가 연극으로 각색된 덕분에 들어오는 돈이 있었다. 연극이 잘되고 있고 영화 판권도 팔려서 걱정할 게 없었다. 젤다의 상태도 정말 좋아졌고 모든 것이 순조로운 것 같았다.

나는 혼자 마드리드에서 작업하다가 5월에 바욘에서 기차 3등 칸을 타고 쥐앙레팽으로 갔다. 바보같이 돈이 떨어져서 무척이나 배가 고팠다. 프랑스와 스페인의 국경에 있는 앙다이를 끝으로 아무것도 먹지 못한 터였다. 스콧이 우리를 위해 구해 준 별장은 아주 멋졌다. 그다지 멀지 않은 곳에 있는 스콧의 별장도 아주 훌륭했다. 아내가 별장을 예쁘게 꾸며 놓은 모습을 보고 무척 기뻤다. 친구들을 만나 점심 식사 전에 아페리티프 한 잔을 마시는 것도 기분이 좋았다. 우리는 여러 잔을 더 마셨다. 그날 밤 우리를 환영하는 작은 파티가 카지노에서 열렸다. 맥레이시 부부, 머피 부부, 피츠제럴드 부부, 그리고 별장에서 지내는 우리가 참석했다. 샴페인보다 독한 술을 마시는 사람은 아무도 없었고 아주 즐거운 분위기였다. 글쓰기에도 아주 좋은 장소였다. 혼자 있을 수 없다는 점만 빼면 글쓰기에 필요한 모든 것이 다 갖춰져 있었다.

젤다는 빼어난 미인이었다. 보기 좋게 탄 황금빛 피부에 짙은 금발이 아름다웠다. 그리고 무척이나 친절했다. 매처럼 날카로운 눈은 맑고 차분했다. 나는 아무런 문제가 없고 앞으로도 다 잘될 거라고만 생각했다. 젤다가 몸을 내 쪽으로 기울이더니 엄청난 비밀을 털어놓았다. "어니스트, 알 졸슨(미국의 배우이자 영화배우-옮긴이)이 예수보다 위대하다고 생각하지 않으세요?"

당시에는 별다른 생각이 없었다. 그것은 매가 인간과 무언가를 공유하듯 젤다가 나에게만 공유한 비밀이었다. 하지만 매는 절대로 그 무엇도 나누지 않는다. 스콧은 그녀가 완전히 정신 나간 사람이라는 사실을 인정하고 나서야 좋은 글을 쓸 수 있게 되었다.

크기의 문제

그로부터 시간이 흐른 후, 젤다가 당시 신경 쇠약증이라고 불린 증상을 처음 보인 즈음 어느 날, 우리는 우연히 같은 시기에 파리에 머물게 되었다. 스콧이 자콥 거리와 생 페르 거리가 교차하는 모퉁이에 있는 미쇼 레스토랑에서 점심을 먹자고 했다. 나에게 물어볼 게 있다고 했다. 자신에게는 세상에서 가장 중요한 문제이니 꼭 솔직하게 대답해 달라고 신신당부했다. 나는 최선을 다하겠다고 약속했다. 평소에도 그는 솔직하게 대답해 달라면서 질문하곤 했다. 그럴 때마다 좀 난감해도 솔직하게 답해 주었는데, 내 솔직한 대답은 항상 그의 화를 돋우었다. 대개 그는 당장이 아니라 나중에 화를 냈다. 오랫동안 곰곰이 생각해 보고 한참 후에 화낼 때도 있었다. 마치 내가 한 말도, 나라는 사람도 전부 다 부숴

버릴 것처럼 화를 냈다.

그날 점심 식사에서 스콧은 와인을 마셨지만, 취하지는 않았다. 미리 술을 마시고 온 것도 아니었다. 우리는 서로의 글쓰기 작업과 사람들에 대한 이야기를 나누었다. 그는 한동안 만나지 못한 사람들에 대한 안부를 묻기도 했다. 그는 꽤 괜찮은 작품을 쓰고 있었다. 여러 가지 이유로 작업에 큰 문제를 겪고 있었지만, 그가 정말로 하고 싶은 말은 그게 아니었다. 나는 절대적으로 솔직하게 답해야 한다는 질문이 나오기만을 계속 기다렸다. 하지만 그는 사무적인 일로 만난 사람처럼 식사가 다 끝날 때까지도 용건을 꺼내지 않았다.

마침내 체리 타르트를 먹고 마지막 남은 와인을 마셨을 때 그가 입을 열었다. "내가 젤다 말고 다른 여자하고는 잠자리를 한 적이 없다는 거 알 거야."

"몰랐는데."

"말한 줄 알았는데."

"아니. 많은 얘길 했지만 그 얘긴 한 적 없어."

"자네한테 물어보고 싶은 게 바로 그거야."

"그래. 계속해 보게."

"젤다 말로는 내 물건으로는 그 어떤 여자도 만족시켜 줄 수 없대. 그게 근본적인 불만이라는 거야. 크기의 문제래. 그 말을 들은 후로 마음이 너무 뒤숭숭해. 사실인지 꼭 알아야겠어."

"진료실로 오게."

"무슨 진료실?"

"화장실." 내가 말했다.

우리는 레스토랑의 테이블로 돌아와 다시 앉았다.

"자네는 지극히 정상이야. 아무 문제가 없어. 괜찮다고. 위에서 보면 실제보다 짧아 보일 수밖에 없지. 루브르에서 조각상을 보고 집에 가서 거울 앞에 옆으로 서서 자네 물건을 봐 보게."

"조각상들이 정확하지 않을 수도 있어."

"꽤 비슷해. 대부분의 여자는 그 정도 크기에 만족할 거야."

"그런데 젤다는 왜 그런 말을 하는 걸까?"

"자네가 남자구실을 못 하게 만들려는 거지. 그건 남자구실을 못 하게 만드는 아주 고전적인 방법이야. 스콧, 솔직하게 말해 달라고 했지? 더 해줄 말이 많지만 이게 자네에게 필요한 단 하나의 절대적인 진실이야. 의사한테 가 보지 그랬어?"

"그러고 싶지 않았어. 자네의 솔직한 대답을 듣고 싶었네."

"그럼 내 말을 믿어?"

"잘 모르겠어."

"루브르 박물관에 가 보자. 저 길로 내려가서 강을 건너면 돼."

우리는 함께 루브르 박물관에 가서 조각상을 살펴보았다. 하지만 그 후에도 스콧은 여전히 자신에 대한 의구심을 떨쳐 내지 못했다.

"중요한 건 평상시의 크기가 아니야. 커졌을 때의 크기가 중요하지. 각도의 문제이기도 하고." 나는 그에게 베개를 비롯해 여러 가지 물건을 활용하는 쓸모 있는 방법들을 설명해 주었다.

"나한테 상냥하게 대해 주는 여자가 있거든. 그런데 젤다한테 그 말을 들은 후로는……"

"젤다가 한 말 따위는 잊어버려. 젤다는 미쳤고 자네는 아무 문제도 없어. 자신감을 갖고 그 여자가 원하는 대로 해 주면 돼. 젤다는 자네를 망가뜨리고 싶어 할 뿐이야."

"자네는 젤다에 대해 아무것도 몰라."

"그래. 그럼 그 얘긴 그만하지. 어쨌든 난 자네가 점심 먹으면서 한 질문에 솔직하게 대답해 준 거야."

하지만 그는 여전히 의심을 버리지 못했다.

"그림을 보러 갈까? 루브르에서 '모나리자' 말고 다른 그림 본 적 있어?"

"지금 그림을 감상할 기분이 아니야. 리츠 호텔 바에서 약속도 있고."

그로부터 오랜 세월이 지나 제2차 세계 대전이 끝나고 한참 후에 리츠 호텔 바의 지배인인 조르주가 나에게 물었다. 그는 스콧이 파리에 살던 시절에는 샤세르chasseur(호텔의 도어맨 또는 벨맨을 말한다—옮긴이)였다. "피츠제럴드 씨가 도대체 누군가요? 다들 저에게 물어서요."

"그를 모르나?"

"네. 그 시절에 가게를 찾은 손님들은 전부 다 기억하는데 그분
은 모릅니다. 그런데 다들 그분에 대해서만 묻네요."

"그래서 뭐라고 대답하나?"

"사람들이 듣고 싶어 하는 흥미로운 얘길 해 주죠. 기분 좋아할
만한 얘기요. 알려 주세요. 피츠제럴드 씨는 어떤 사람이었나요?"

"20년대 초반 파리에 있었던 미국 작가이고, 파리 말고 다른 해
외에서 살기도 했지."

"그런데 왜 저는 그분이 기억나지 않을까요? 훌륭한 작가였
나요?"

"아주 훌륭한 책을 두 권 썼어. 미완성 작품도 하나 있는데 그
의 작품을 아는 사람들은 완성했더라면 대단히 훌륭했을 거라고
해. 훌륭한 단편들도 많이 썼고."

"이 술집에 자주 왔나요?"

"그럴 거야."

"하지만 선생님은 20년대 초에는 여기 안 오셨잖아요. 그때는
선생님이 가난했고 다른 동네에 살았으니까요."

"돈이 있을 땐 크리옹에 갔지."

"그것도 압니다. 선생님을 처음 만났을 때가 생생하게 기억나는
군요."

"나도 기억하네."

"그분에 대한 기억이 전혀 없다니 이상하네요." 조르주가 말했다.

"그를 기억하는 사람들은 다 죽었어."

"죽었다고 사람들에게 잊히는 건 아니지요. 사람들이 계속 피츠제럴드 씨에 대해 물어봅니다. 얘길 들으면 기억날 수도 있으니, 그분에 대한 얘길 좀 해 주세요."

"그러지."

"선생님이 어느 날 밤에 폰 블릭센 남작과 오셨던 게 기억나네요. 그게 몇 년도였죠?"

조르주가 미소를 띠며 물었다.

"남작도 죽었어."

"그렇죠. 하지만 죽었다고 기억에서 잊히는 건 아니지요."

"남작의 첫 번째 아내가 글을 참 잘 썼지. 그녀가 아프리카에 대해서 쓴 책은 내가 읽어 본 것 중의 최고였어. 아비시니아의 나일강 지류에 관한 사무엘 베이커 경의 책을 제외하고. 이 사실도 꼭 기억하게. 이제 조르주 자네도 작가들에게 관심이 많으니까."

"알겠습니다. 남작은 쉽게 잊힐 만한 인물이 아니지요. 그런데 그 책 제목이 뭔가요?"

"『아웃 오브 아프리카』. 블릭센은 첫 번째 아내의 작품을 참 자랑스러워했어. 하지만 난 그녀가 그 책을 쓰기 훨씬 전부터 그녀와 아는 사이였지."

"사람들이 자꾸 물어보는 피츠제럴드 씨는 어떤 분이냐니까요?"

"그가 이 바에 다니던 시절엔 프랑크가 지배인이었어."

"맞아요. 전 그때 샤세르였죠. 그게 뭔지 아시죠?"

"내가 처음 파리에서 지냈던 시절에 관한 책을 쓸 건데, 그 책에 그 친구 얘기도 넣을 걸세. 그 책을 꼭 쓰기로 결심했거든."

"좋네요." 조르주가 말했다.

"처음 만났을 때 그의 모습을 내가 기억하는 그대로 쓸 거야."

"잘됐네요. 그분이 예전에 여길 오셨다니 저도 그 책을 읽으면 기억나겠네요. 사람에 대한 기억은 그렇게 쉽게 잊히지 않으니까요."

"관광객들도?"

"당연하지요. 하지만 그분은 여기 자주 오셨다면서요?"

"그 친구에게는 큰 의미가 있는 곳이었지."

"선생님이 그분에 대한 기억을 있는 그대로 책에 쓰실 거라니 저도 읽으면 분명 생각이 날 겁니다."

"두고 보면 알겠지." 내가 말했다.

파리는 영원한 축제

아들이 태어나고 둘이 아닌 셋이 된 후에는 겨울이면 너무 춥고 날씨가 나빠서 쫓기기라도 하듯 파리를 떠날 수밖에 없었다. 혼자일 때는 그런 날씨라도 익숙해지면 아무런 문제가 없다. 카페에 가서 글을 쓰면 된다. 웨이터들이 카페를 쓸고 닦는 동안 크림커피를 한 잔 시켜 놓고 오전 내내 일하다 보면 어느새 점점 따뜻해지니까. 아내는 추운 곳으로 피아노를 치러 갈 때는 스웨터를 두껍게 껴입고 가서 연주했고 집으로 돌아와 아들 범비를 돌보았다. 하지만 겨울에 아기를 카페에 데려가는 건 잘못된 일이었다. 절대 울지 않고 절대 심심해하지도 않고 가만히 지켜만 보는 아기라 할지라도 말이다. 그때는 베이비시터가 없어서 범비를 키가 크고 사랑스러운 고양이 F. 푸스와 함께 높은 아기 침대에 놓아두면 범비가 좋아하고 잘 있었다. 고양이를 갓난아기와 함께 두면 위험하다고 말하는 사람들도 있었다. 무식하고 편견에 사로잡힌 사람들은 고양이가 아기의 숨을 빨아먹어서 죽일 거라고 말하기도 했다. 고양이가 아기를 깔아뭉개 질식사시킬 거라는 사람들도 있었다. F. 푸스는 우리 부부가 외출하고 가정부 마리도 없을 때면 높은 아기 침대에서 범비 옆에 누워 커다랗고 노란 눈으로 문 쪽을 지켜보면서 아무도 가까이 오지 못하게 했다. 베이비시터가 필요하지 않았다. F. 푸스가 베이비시터였으니까.

하지만 우리가 정말로 가난했을 때, 내가 특파원 일을 완전히 접고 캐나다에서 돌아와 단편 소설을 하나도 팔지 못했을 때는 아기와 함께 파리에서 겨울을 보내기에 너무 힘들었다. 생후 3개월 때 범비는 1월에 작은 배를 타고 뉴욕에서 핼리팩스를 거쳐 12일 동안 북대서양을 횡단했다. 아기는 여행 중에 한 번도 울지 않았다. 날씨가 나쁠 때 떨어지지 않도록 침대를 완전히 막아 두어도 방긋방긋 잘 웃었다. 하지만 파리는 녀석에게 너무 추웠다.

우리는 오스트리아의 포어아를베르크에 있는 슈룬스로 갔다. 스위스를 거쳐 오스트리아 국경 지대인 펠트키르히에 도착했다. 그다음에 기차는 리히텐슈타인을 통과해 블루덴스에 정차했다. 그곳에서 작은 지선 열차로 갈아타고 농장과 숲이 있는 계곡과 송어가 사는 자갈 깔린 강을 따라 달려서 슈룬스에 도착했다. 슈룬스에는 제재소와 상점, 여관이 있고 1년 내내 문을 여는 토브라는 좋은 호텔이 있었다. 우리는 바로 그 호텔에서 지냈다.

토브의 방은 널찍하고 쾌적했으며 큰 난로와 창문, 푹신한 담요와 오리털 이불이 있는 큰 침대가 있었다. 식사는 소박하지만 훌륭했고, 식당과 나무로 두른 바는 난방도 잘 되고 분위기도 좋았다. 호텔이 들어선 계곡은 넓고 탁 트여서 햇볕이 잘 들었다. 우리 세 가족의 숙박비는 하루에 약 2달러였다. 오스트리아의 실링화가 인플레이션으로 가치가 하락해서 숙박비가 계속 떨어졌다. 하지만 독일처럼 인플레이션과 빈곤이 절망적인 수준까지는 아니었다. 실링은 오르락내리락했지만, 당시 장기적으로는 하락세였다.

슈룬스에는 스키 리프트도, 케이블카도 없었지만, 벌목꾼과 소떼가 다니는 길이 있었다. 그 길을 따라 여러 산골짜기를 올라가면 고지대에 이를 수 있었다. 스키 바닥에 물개 가죽을 덧대어 신고 올라갔다. 산꼭대기에는 여름 등산객들을 위한 커다란 산장이 있어서 잠을 잘 수 있었다. 장작을 쓴 만큼 돈을 두고 오면 되었다. 그런가 하면 땔감을 직접 챙겨 가야 하는 경우도 있었다. 고산 지대와 빙하 지역에서 오랫동안 여행할 때는 장작과 보급품을 날라 줄 사람을 따로 고용하고 기지를 마련한다. 그런 고산 지대의 오두막 가운데 가장 유명한 건 린다우어 산장, 마들레너 하우스, 비스바드너 산장이었다.

토브 호텔 뒤편에는 과수원과 들판을 통과하는 일종의 스키 연습용 슬로프가 있었다. 차군스 마을 뒤쪽으로도 계곡을 가로지르는 훌륭한 경사면이 있었다. 그쪽에는 예쁜 여관이 있는데, 바의 벽에 멋진 샤모아 영양 뿔이 주르르 걸려 있었다. 그 코스는 계곡 끝자락에 있는 차군스 마을 뒤쪽에서 시작해 쭉 올라가다 산을 넘어 실브레타로 넘어가서 클로스터스까지 들어갔다.

슈룬스는 아들 범비가 지내기에 좋은 장소였다. 검은 머리의 아름다운 소녀가 햇살이 좋을 때마다 범비를 썰매에 태우고 나가서 돌봐 주었다. 그동안 해들리와 나는 새로운 마을들을 이리저리 돌아다니며 익혔다. 마을 사람들은 매우 친절했다. 우리 부부는 고산 스키의 선구자인 발테르 렌트 씨가 개최한 알파인 스키 학교에 등록했다. 렌트 씨는 아를베르크의 위대한 스키 선수 한스 슈나이더 씨와의 동업으로 산을 오를 때와 모든 조건의 눈에서 사용할 수 있는 스키 왁스를 생산하기도 했다. 발테르 렌트 씨의 교육 방식은 가능한 한 학생들을 연습용 슬로프에서 꺼내 고산 지대로 스키 여행을 떠나는 것이었다. 그때의 스키 타기는 지금과는 달랐다. 당시에는 척추 골절이 흔하지 않았고, 다리가 부러지는 사람도 없었다. 스키 안전요원도 없었다. 스키를 타고 내려오려면 일단 산으로 올라가야 했다. 그래서 스키를 타고 내려오기에 적합하도록 저절로 다리가 튼튼해졌다.

발테르 렌트 씨는 스키의 재미는 사람이 아무도 없고, 누군가 스키를 탄 흔적도 없는 가장 높은 산꼭대기로 올라가는 것과 고산 지대의 알파인 클럽 오두막에서 알프스의 다른 산꼭대기와 빙하로 옮겨가는 것이라고 했다. 넘어질 때 다리가 부러질 수 있으므로 바인딩은 사용할 수 없었다. 스키가 벗겨져 날아가야만 다리가 부러지지 않기 때문이다. 렌트 씨는 로프를 사용하지 않고 즐기는 빙하 스키를 가장 좋아했지만, 빙하 스키를 즐기려면 크레바스가 충분히 덮이는 봄이 올 때까지 기다려야 했다.

해들리와 나는 스위스에서 처음 스키를 타본 이후 스키를 좋아하게 되었다. 범비의 출산 예정일이 얼마 남지 않았을 때 이탈리아 돌로미티의 코르티나담페초에서도 스키를 탔다. 밀라노의 의사가 나더러 아내가 넘어지지 않도록 각별히 주의를 기울인다면 스키를 타도 된다고 허락해 주었다. 그래서 스키 탈 곳을 신중하게 고르고 산에 올라갈 때나 스키를 탈 때도 주의할 필요가 있었다. 아내는 아름답고 튼튼한 다리로 몸을 잘 제어하면서 스키를 탈 수 있었기에 넘어지지 않았다. 우리는 눈의 다양한 유형에 익숙했고, 가루눈이 많이 쌓인 곳에서는 어떻게 타야 하는지도 잘 알았다.

우리는 포어아를베르크와 슈룬스를 무척 좋아했다. 추수 감사절 즈음에 그곳으로 떠나 부활절이 가까워질 때까지 머물렀다. 비록 슈룬스가 스키장치고는 낮은 지대에 위치해서 폭설이 내리는 겨울을 제외하고는 스키를 타기에는 적합하지 않았지만 말이다. 그래도 스키를 타러 고산 지대로 올라가는 등반길이 무척 즐거웠다. 그 시절에는 산에 올라가야 하는 걸 불평하는 사람이 없었다.

자신에게 적당한 속도에 맞춰서 오르면 힘들지도 않고, 심장에 무리도 가지 않았다. 등에 짊어진 배낭의 무게가 자랑스럽게 느껴지기까지 했다. 마들레너 하우스까지 올라가는 길에는 매우 가파르고 힘든 구간도 있었다. 하지만 두 번째로 올라갈 때는 훨씬 수월하게 느껴졌다. 결국에는 처음보다 두 배나 무거운 짐을 지고도 가뿐하게 오를 수 있게 되었다.

우리는 항상 배가 고팠기에 식사가 즐거운 축제처럼 느껴졌다. 도수가 낮거나 높은 맥주, 새로 나온 와인을 마셨다. 가끔은 1년밖에 되지 않은 와인도 있었다. 화이트 와인이 최고였다. 다른 음료로는 골짜기에서 만든 키르슈, 산에 피는 용담을 증류한 엔치안 슈냅스가 있었다. 가끔 저녁 식사로 진한 레드 와인 소스를 곁들인 토끼 스튜나 밤 소스를 곁들인 사슴 고기가 나왔다. 비록 화이트 와인보다 비쌌지만, 이런 요리들은 레드 와인과 함께 마셨다. 최상급 레드 와인은 리터당 20센트였다. 우리는 그보다 훨씬 저렴한 보통의 레드 와인을 작은 통에 담아서 마들레너 하우스로 가져갔다.

실비아 비치에게 빌려 온 책이 겨우내 읽을 만큼 있었고, 호텔의 여름 정원 쪽으로 이어진 골목길에서 마을 사람들과 볼링을 하기도 했다. 일주일에 한두 번은 호텔 식당의 창 덧문을 내리고 문까지 잠그고 포커를 했다. 당시 오스트리아에는 도박이 금지되어 있었다. 나는 호텔 주인 넬스 씨, 알파인 스키 학교의 렌트 씨, 마을의 은행가, 검사. 경찰서장과 함께 포커를 했다. 다들 워낙 잘해서 이기기가 쉽지 않았다. 스키 학교로는 수익이 전혀 나지 않아서 돈을 따려고 무모하게 게임을 하는 렌트 씨를 제외하고 모두 잘했다. 경찰서장은 순찰하는 경찰 2인조가 문밖에서 멈추는 소리가 들릴 때마다 손가락을 귀로 가져가 귀를 기울였다. 모두 경찰이 갈 때까지 숨을 죽이고 있어야 했다.

추운 겨울날의 아침이 밝자마자 메이드가 방으로 들어와 창문을 닫고 커다란 도기 난로에 불을 피웠다. 방이 금세 따뜻해졌다. 맛있는 과일 절임을 곁들인 신선한 빵이나 토스트, 커다란 잔에 담긴 커피가 아침 식사로 제공되었다. 원하면 신선한 달걀과 맛있는 햄을 먹을 수도 있었다. 슈나우츠라는 이름의 개가 우리 침대 발치에서 잠을 잤다. 슈나우츠는 우리가 스키 여행을 떠날 때면 같이 따라가서 내 등이나 어깨에 올라탄 채 함께 스키를 타고 내려왔다. 녀석은 범비의 친구이기도 해서 작은 썰매에 탄 범비, 유모와 함께 산책하곤 했다.

슈룬스는 글을 쓰기에도 좋은 장소였다. 1925년과 1926년 사이의 겨울에 내 인생에서 가장 힘들었던 초고 수정 작업을 한 곳도 그곳이었다. 6주 만에 쓴 『태양은 다시 떠오른다』의 초고를 다시 써서 제대로 된 소설로 완성한 것이다. 그곳에서 쓴 단편들은 기억나지 않지만, 결과가 좋았던 게 몇 편이나 있었다.

추운 밤, 스키와 스키 스틱을 어깨에 짊어지고 숙소로 돌아갈 때의 마을로 이어지는 눈 덮인 길을 뽀드득뽀드득 소리와 함께 걷던 것이 아직도 기억난다. 불빛이 보이다가 마침내 건물들이 눈에 들어왔고, 길에서 만난 모두가 "안녕하세요Grüss Gott."라고 인사를 건넸다. 주점은 항상 징 박힌 부츠를 신고, 등산복을 입은 시골 사람들로 북적거렸다. 공기가 매캐하고 나무 바닥은 징에 긁힌 자국이 가득했다. 오스트리아 알프스 연대에서 복무한 적 있는 젊은이들이 많았는데 그중 제재소에서 일하는 한스라는 이름의 청년은 유명한 사냥꾼이었다. 우리는 이탈리아의 같은 산악 지대에 배치된 적이 있었다는 인연으로 친한 친구가 되었다. 함께 술을 마시고 산 사람들의 노래를 불렀다.

과수원을 지나 언덕으로 이어지는 길과 마을 위쪽 산비탈에 들어선 농장들의 들판, 눈 덮인 마당에 장작더미가 잔뜩 쌓이고 집 안에는 커다란 난로가 있는 따뜻한 농가가 기억난다. 여자들은 부엌에서 양털을 빗질하고 회색과 검은색 실로 자아냈다. 발판을 발로 밟아서 물레를 돌렸고, 실은 염색하지 않았다. 검은색 실은 검은 양의 털로 만든 것이었다. 그 털실은 기름기도 제거하지 않은 천연 상태라서 아내가 그 실로 짠 모자와 스웨터, 목도리는 눈에 맞아도 젖지 않았다.

어느 해 크리스마스에 학교 교장이 연출한 한스 작스의 연극

공연이 있었다. 좋은 연극이었다. 내가 지방 신문에 비평을 썼고, 호텔 주인이 번역해 주었다. 또 다른 해에는 빡빡 민 머리에 흉터가 있는 퇴역 독일 해군 장교가 와서 유틀란트 해전에 대한 강의를 했다. 해군 장교는 환등기로 두 전투 함대의 움직임을 보여 주었고, 당구 큐를 지시봉 삼아서 영국 제독 젤리코가 얼마나 비겁했는지 지적했다. 스스로 화가 좀처럼 가라앉지 않는지 목소리가 갈라질 정도였다. 교장은 그가 당구 큐로 스크린을 찢을까 봐 걱정했다. 해군 장교는 강연이 끝나고 주점으로 옮겨가서도 화를 가라앉히지 못했다. 그런 그의 모습은 모두를 불편하게 했다. 검사와 은행가만 그와 함께 술을 마셨다. 세 사람은 다른 테이블에 따로 앉아 있었다. 라인 지방 출신인 렌트 씨는 강연을 듣지 않았다. 빈에서 이곳으로 스키를 타러 온 부부도 있었다.

그들은 높은 산을 올라가고 싶지 않아서 취르스로 떠났는데, 그들이 눈사태로 사망했다는 소식을 나중에 들었다. 부부 중 남편은 강연하는 해군 장교 같은 놈이 독일을 망쳤고 앞으로 20년 안에 또 망칠 거라고 했다. 아내는 남편에게 프랑스어로 조용히 하라고 했다. 이곳은 작은 마을이니 무슨 일이 생길지 모른다고.

그해에는 눈사태로 많은 사람이 사망했다. 첫 번째 큰 사망 사고는 우리가 지내던 계곡 맞은편 아를베르크 산악 지대의 레흐에서 일어났다. 한 무리의 독일인들이 크리스마스 연휴에 렌트 씨와 함께 스키를 타러 오겠다고 했다. 그해에는 눈이 늦게 와서 폭설이 내렸을 때도 언덕과 산비탈은 햇빛을 받아 따뜻했다. 눈이 많이 쌓였지만, 가루눈이라서 잘 다져지지도 않았다. 스키 타기에 가장 위험한 조건이었다. 렌트 씨는 베를린 사람들에게 오지 말라고 전보를 보냈다. 하지만 그들은 휴가 기간이었고 무지했고 눈사태에 대한 두려움이 없었다. 그들이 레흐에 도착했지만, 렌트 씨는 그들을 데리고 나가지 않겠다고 거절했다. 한 남자가 그를 겁쟁이라고 비난했고, 자기들끼리 스키를 타겠다고 했다. 결국 렌트 씨는 그가 아는 가장 안전한 경사면으로 그들을 데려갔다. 그가 먼저 스키를 타고 내려갔고 사람들이 뒤따랐다. 하지만 그때 거대한 파도가 일어나듯 산비탈 전체가 한꺼번에 무너져 내려 그들을 덮쳤다. 열세 명이 눈에 파묻혔고, 그중 아홉 명이 사망했다. 알파인 스키 학교는 이 사건 전에도 잘되지 않았는데 그 후로는 우리 부부가 거의 유일한 학생이었다. 우리는 눈사태에 대해 잘 배웠다. 눈사태에 어떤 종류가 있는지, 어떻게 피해야 하는지, 눈에 파묻혔을 때 어떻게 행동해야 하는지 등. 내가 그해에 쓴 글은 대부분 눈사태가 일어났을 때 쓴 것들이다.

눈사태가 일어난 그해 겨울에 가장 기억에 남는 최악의 사건은 눈 속에 파묻혔다가 파내진 남자의 시신을 본 것이다. 그는 우리가 배운 대로 쪼그리고 앉아 양팔로 머리 앞쪽을 가린 상태였다. 그래야 눈이 머리 위로 쌓여도 숨 쉴 공기가 확보된다. 눈사태의 규모가 워낙 커서 파묻힌 사람들을 꺼내기까지 오랜 시간이 걸렸고,

이 남자는 맨 마지막으로 발견된 사람이었다. 그는 사망한 지 얼마 되지 않았고, 목의 살가죽이 닳아서 뼈와 힘줄이 드러났다. 눈의 압력에 맞서 고개를 계속 좌우로 돌렸던 것이다. 이 눈사태에는 오래되어 단단하게 다져진 눈과 내린 지 얼마 안 된 가벼운 눈이 섞여 있었을 것이고, 가벼운 눈이 미끄러져 내렸다. 남자가 의도적으로 그랬는지, 아니면 정신이 나가서 그랬는지는 알 수 없었다. 마을의 신부는 그가 가톨릭 신자라는 증거가 없다면서 성당 묘지에 묻어 주는 것을 거부했다.

슈룬스에서 지낼 때 마들레너 하우스까지 등반하려면 계곡을 따라 산을 오르다가 중간에 나오는 여관에서 하룻밤 자고 남은 길을 가야만 했다. 그 여관은 오래되었지만, 무척 아름다웠다. 손님들이 먹고 마시는 방의 나무로 된 벽은 오랜 세월에 거쳐 닳고 닳아서 비단처럼 매끄러웠다. 의자와 테이블도 마찬가지였다. 우리는 창문을 열어 놓고 가까이에서 환하게 빛나는 별들 아래, 오리털 퀼트 이불을 덮고 꼭 붙어서 잤다. 아침 식사 후에는 짐을 전부 챙기고 스키를 어깨에 메고 여전히 가까이에서 환하게 빛나는 별을 보며 어둠 속에서 다시 산을 오르기 시작했다. 짐꾼들의 스키는 아주 짧았고, 상당히 무거운 짐을 날랐다. 우리끼리 누가 더 무거운 짐을 들고 산을 오를 수 있나 경쟁하기도 했지만, 짐꾼들하고는 상대가 되지 않았다. 몬타폰 사투리를 쓰는 땅딸막하고 무뚝뚝한 이 농부들은 짐 나르는 말처럼 쉬지 않고 산을 올랐다. 그들은 눈 덮인 빙하 옆의 바위에 지어진 알파인 클럽 오두막이 있는 산꼭대기에 도착하면 산장의 돌담에 기대어 짐을 내려놓고 미리 합의한 것보다 더 많은 수고비를 요구했다. 적당한 선에서 합의가 끝나면 짧은 스키를 타고 땅속 요정처럼 산 아래로 쌩 내려갔다.

함께 스키를 탄 친구 중에 독일 출신의 젊은 여성이 있었다. 체구는 작지만, 훌륭한 몸매의 그녀는 산악 스키를 정말 잘 탔고, 나만큼 무거운 배낭을 훨씬 더 오랫동안 짊어지고 갈 수 있었다.

"저 짐꾼들은 항상 우리를 시체 상태로 끌고 내려가기를 기대하는 듯한 얼굴로 쳐다본다니까요. 올라오기 전에 액수를 다 합의하고 오는데도 그 이상을 요구하지 않는 꼴을 본 적이 없어요."

슈룬스에서 겨울을 지내는 동안 나는 눈 덮인 고산 지대에서는 얼굴이 햇빛에 심하게 타서 수염을 기르기 시작했고, 머리도 자르지 않았다. 어느 늦은 저녁, 벌목꾼들의 길로 스키를 타고 내려가는데 렌트 씨가 슈룬스 위쪽의 길에서 지나친 농부들이 나를 '검은 예수'라고 불렀다고 말해 주었다. 주점에 오는 사람들은 나를 '키르슈를 마시는 검은 예수'라고 부르기도 한다는 것이었다. 하지만 우리가 마들레너 하우스까지 등반하기 위해 짐꾼으로 고용하는 몬타폰 맨 위쪽 마을에 사는 농부들 눈에는 우리가 가까이 가지 말아야 할 때 군이 고산 지대로 들어가는 외국에서 온 악마들일 뿐이었다. 눈사태가 자주 일어나는 곳들은 해가 뜨면 더 위험해져서 우리가 그런 곳을 지나지 않기 위해 해가 뜨기 전에 출발하는 것도 그들에게는 우리를 칭찬할 만한 이유가 되지 못했다. 외국에서 온 악마들이 다 그렇듯 교활하다는 증거일 뿐이었다.

나는 지금도 소나무 냄새, 나무꾼의 오두막에서 너도밤나무 잎으로 만든 매트리스에서 잤던 것, 토끼와 여우의 흔적을 따라 스키로 숲을 가로질러 내려왔던 것을 기억한다. 수목 한계선 위의 고산 지대에서 여우의 흔적을 쫓다가 여우를 발견한 일도 떠오른다. 여우는 오른쪽 앞발을 들고 가만히 서 있다가 갑자기 들꿩을 덮쳤다. 온통 흰 눈으로 둘러싸인 곳에서 꿩이 눈 속에서 푸드드득 튀어나오더니 산등성이로 날아갔다.

바람에 따라 달라지는 온갖 다양한 종류의 눈, 스키를 탈 때면 겉보기와 달리 위험해서 느껴지던 배신감도 기억난다. 알프스 산장에 있을 때 눈보라가 쳤던 일도 있었다. 눈보라가 주변을 온통 기묘하게 바꿔 버려서 우리는 한 번도 와본 적 없는 곳인 것처럼 조심스럽게 방향을 잡아 앞으로 나아가야만 했다. 완전히 새로운 곳으로 변해 버렸으니, 처음 와보는 곳이 맞았다. 마침내 봄이 되면 환상적인 빙하 스키를 탈 수 있었다. 빙하 스키는 직선으로 매끄럽게 쭉 나아간다. 발목을 단단히 고정한 채로 두 다리가 버틸 수만 있다면, 그 길이 영원히 직선으로 뻗어 있을 것만 같다. 속도에 기대어 몸을 낮춘 채로, 오직 사각거리는 얼음 가루가 날리는 소리만 울려 퍼지는 가운데 끝없이 아래로 내려가는 거다. 빙하 스키는 하늘을 나는 것보다도, 아니, 그 무엇보다도 좋았다. 우리 부부는 빙하 스키를 탈 수 있는 실력을 길렀다. 무거운 배낭을 메고 오랫동안 산에 오를 수도 있어야 했다. 산을 오르는 능력은 돈으로 살 수 없고 산꼭대기로 가는 표를 팔지도 않았다. 빙하 스키를 탈 수 있는 실력을 갖추는 것을 목표로 겨우내 열심히 노력한 덕분에 가능해졌다.

산에서 보낸 마지막 해에는 새로운 사람들이 우리 삶에 깊숙이 들어왔지만, 모든 것이 예전과 달라졌다. 눈사태가 일어난 겨울은 인생 최고의 재미로 위장했지만, 사실은 악몽이었던 그다음 해의 겨울과 그 이후에 찾아온 살인적인 여름에 비하면 행복하고 순진한 겨울이었다. 부자들이 나타난 것은 그해였다.

부자들에게는 일종의 파일럿 피시(상어를 먹이가 있는 곳으로 인도하는 물고기-옮긴이)가 있다. 부자들의 파일럿 피시는 늘 부자들보다 앞서 나타난다. 약간 귀가 먹었거나 앞이 잘 보이지 않을 수도 있지만, 언제나 사근사근하면서도 머뭇거리는 분위기를 풍긴다. 파일럿 파시들은 이렇게 말한다. "글쎄요. 잘 모르겠어요. 당연히 그런 건 아니죠. 하지만 그들은 좋은 사람들이에요. 두 사람 다요. 하늘에 맹세코 정말 그렇다니까요, 헴. 난 정말 그 사람들이 마음에 들어요. 무슨 말인지는 알지만 난 정말로 그 사람들을 좋아해요. 그녀는 아주 멋진 구석이 있지요." (그녀의 이름을 사랑스럽다는 듯이 말한다.) "아니요, 헴, 바보처럼 굴지 마세요. 까다롭게 굴지도 말고요.

저는 진심으로 그들을 좋아해요. 맹세해요. 당신도 그가(어린 시절의 애칭으로 부른다) 마음에 들 거예요. 둘 다 정말 좋은 사람들이에요."

그러다 부자들이 나타나고, 모든 것이 예전과 달라진다. 물론 파일럿 피시들은 떠난다. 파일럿 피시는 항상 갑자기 어디로 가버리거나 갑자기 나타난다.

절대로 오래 머무르는 법이 없다. 젊은 시절의 마을이나 사람들의 삶에 들어왔다가 떠나듯 정치나 연극계에 들어갔다가 떠나기도 한다. 파일럿 피시는 절대로 붙잡히지 않는다. 절대로 부자들에게 잡히지 않는다.

아무것도 그들을 잡지 못한다. 붙잡혀 죽는 것은 그들을 믿는 사람들뿐이다. 파일럿 피시는 어린 시절부터 교육받은 그 누구와도 비교되지 않는 개자식이고 오래전부터 거부해 왔지만, 마음속에는 돈에 대한 욕망이 잠자고 있다. 결국은 악착같이 돈을 벌어서 그 자신도 부자가 된다.

부자들은 수줍음이 많고, 유머 감각이 있고, 노골적이지 않고, 제 할 일을 이미 하고 있어서 파일럿 피시를 좋아하고 신뢰한다. 한 치의 실수도 없는 파일럿 피시이기 때문이다.

서로를 사랑하고, 행복하고, 유쾌하고 둘 중 한 명이든 둘 다이든 정말로 좋은 일을 하는 부부가 있으면, 철새들이 밤에 밝은 신호등에 이끌리듯 그들 주위로 사람들이 몰려든다. 만약 두 사람의 관계가 신호등만큼 흔들림 없이 견고하다면 몰려든 새들만 피해를 볼 뿐 부부는 거의 피해를 보지 않는다.

제 할 일을 잘하면서 행복하게 잘 사는 모습으로 사람들을 끌어들이는 부부는 대개 경험이 부족하다. 그들은 주변에 사람이 너무 들끓지 않게 하는 법과 그 상황을 벗어나는 방법을 알지 못한다. 그들은 모른다. 선량하고 매력적이고 이내 호감을 사고 너그럽고 이해심도 많아 보이는 부자들이 나쁜 면이라고는 전혀 없는 것 같고 매일 하루가 축제인 것처럼 살지만, 필요한 양분을 빨아먹고 지나가면 아틸라의 말발굽에 짓밟힌 풀뿌리보다도 더 모든 것을 깡그리 망가뜨리고 가버린다는 사실을.

부자들은 파일럿 피시를 앞세우고 나타났다. 한 해 전에는 그런 이들이 온 적이 한 번도 없었다. 당시에는 확실한 것이 하나도 없었다. 일도 잘되고 있었고, 예전보다 더 행복한 일상을 누리고 있었지만 소설은 한 권도 쓰지 못한 상태라서 부자들에게 확신을 줄 수가 없었다. 그들은 확신할 수 없는 것에 절대로 시간이나 매력을 낭비하지 않았다. 그럴 이유가 있겠는가?

그들은 피카소라면 확신이 있었다. 그의 그림을 보기 전부터 그랬다. 그들은 다른 여러 화가에 대해서도 확신이 있었다. 그런데 그해에 그들은 내 작품에 확신을 가졌다. 문외한이라고 느껴지지 않도록, 내가 너무 까다롭게 굴지 않도록 바람잡이를 하는 파일럿 피시도 등장했다. 물론 그 파일럿 피시는 우리의 친구였다.

당시 나는 『수정본 지중해 항해도Sailing Directions for the Mediterranean』나 『브라운 항해 연감Brown's Nautical Almanac』을 신뢰하듯 파일럿 파시를 철석같이 믿었다. 나는 부자들의 매력에 홀려서 총을 든 사람이라면 누구나 따라나서는 새 사냥개나 마침내 오직 자신만을 사랑하고 소중하게 대해 줄 사람을 만난 서커스단의 잘 훈련된 돼지처럼 어리석게도 그를 믿었다. 매일매일이 축제가 될 수 있다는 사실이 나에게는 경이로운 발견처럼 보였다. 나는 수정한 소설 원고의 일부를 낭독해 주기까지 했다.

그것은 작가가 절대로 해서는 안 되는 저급한 짓이고, 한겨울의 폭설이 크레바스를 충분히 덮기도 전에 로프도 매지 않고 빙하 스키를 타는 것보다 더 위험한 짓이었다.

부자들이 "훌륭해요, 어니스트. 정말 좋네요. 이 작품의 잠재력이 어디까지인지 가늠할 수가 없군요."라고 말하면 나는 기쁨에 겨워 꼬리를 흔들며 하루하루를 축제처럼 사는 부자들의 인생철학에 매료되었다. "저런 개자식들이 저렇게 마음에 들어 하는 글이라면 문제가 있는 거 아닌가?"라고 생각해 보기는커녕, 어떻게 하면 그들에게 더 잘 보일 수 있을까 생각했다.

나에게 프로 정신이 있었다면 당연히 그런 고민을 했을 것이다. 그러나 애초에 프로 정신이 있었다면 그들에게 원고를 읽어 주지도 않았겠지.

그 부자들이 오기 전에 이미 가장 오래된 속임수를 이용해 잠입한 다른 부자들이 있었다. 미혼의 젊은 여성이 또 다른 젊은 기혼 여성과 친해져서 그 부부와 함께 지내다가 자기도 모르는 사이에 순진하고 가차 없이 그 남편을 빼앗으려고 한 것이다. 특히 남편이 작가이고, 힘들게 글을 쓰느라 하루에 아내와 많은 시간을 함께 보내지 못하고 남편 노릇을 잘하지 못하는 상황이라면 아무도 의식하지 못하는 사이에 상황이 그렇게 흘러가기 쉽다. 남편이 일을 끝냈을 때 옆에는 매력적인 여자가 둘이나 있다. 게다가 하나는 새로운 여자. 재수가 없으면 그는 두 여자를 모두 사랑하게 된다.

부부와 아이, 이렇게 셋이다가 부부와 다른 여자, 이렇게 셋이 된다. 처음에는 자극적이고 재미있다. 한동안 그런 분위기가 계속된다. 진정으로 사악한 모든 것은 처음에는 순수함으로 시작한다. 가진 것을 즐기고 아무런 걱정 없이 하루하루를 살아간다.

그러다 거짓말을 하고 거짓말하는 자신을 혐오하고 거짓말로 망가진다. 하루가 갈수록 위험이 커지지만, 전쟁이라도 치르는 것처럼 하루하루를 아슬아슬하게 버텨 나간다.

나는 출판사와 정리할 일이 있어서 슈룬스를 떠나 뉴욕에 다녀와야 했다. 뉴욕에서 일을 보고 파리로 돌아와 오스트리아로 가는 첫 기차를 타기 위해 동역으로 갔다. 하지만 내가 사랑에 빠진 새로운 여자는 여전히 파리에 있었다. 그래서 첫 번째 기차를 타지 않았다. 두 번째 또는 세 번째 기차도 타지 않았다.

기차가 역에 쌓아 놓은 통나무 옆을 지나면서 선로 옆에 선 아내를 다시 보았을 때, 그녀가 아닌 다른 사람을 사랑하게 되기 전에 죽어 버렸으면 좋았을 거라는 생각이 들었다. 아내는 눈과 태양에 그을린 사랑스러운 얼굴에 미소를 짓고 있었다. 아름다운 몸매, 겨우내 자란 어색하면서도 예쁜 햇살을 받은 붉은빛 도는 금발. 그리고 금발의 통통한 범비가 아내와 함께 서 있었다. 추위에 빨개진 볼이 영락없이 건강한 포어아를베르크 사내아이 같았다.

내가 포옹하자 그녀가 말했다. "오, 타티. 일을 잘 처리하고 돌아왔군요. 사랑해요. 우리 둘 다 당신이 얼마나 보고 싶었는지 몰라요."

나는 그녀를 사랑했다. 우리 둘만 지내던 시절에 나는 다른 누구도 사랑하지 않았고, 우리는 마법과도 같은 시간을 함께 보냈다. 나는 열심히 일하고 멋진 여행을 다녔다. 우리가 그 무엇에도 끄떡없을 거라고 생각했지만 늦봄에 산을 떠나 파리로 돌아가자 다른 일이 시작되었다.

파리 생활의 1막은 그렇게 끝났다. 파리는 언제나 파리였지만 두 번 다시 예전과 같지 않았다. 파리도 변했고, 나도 변했다. 그 후 나와 해들리는 포어아를베르크로로 돌아가지 않았고 부자들도 마찬가지였다.

파리에는 끝이 없다. 파리에서 산 적 있는 사람들의 기억은 그 누구의 기억과도 다르다. 우리는 우리가 누구인지, 그곳이 어떻게 변했는지, 얼마나 어렵거나 쉬운 상황인지 상관없이 늘 파리로 돌아갔다. 파리는 언제나 닿을 수 있는 곳에 있었다. 파리는 항상 가치 있는 곳이었고 무엇을 가져가든 꼭 돌려주었다. 내가 아주 가난하고 아주 행복했을 때, 나의 첫 파리는 그랬다.

ESSAI 5

서툰 시절

1판 1쇄 인쇄 2025년 2월 21일
1판 1쇄 발행 2025년 2월 28일

지은이 어니스트 헤밍웨이
옮긴이 정지현
감수 김욱동
펴낸이 김영곤
펴낸곳 (주)북이십일 아르테

정보개발팀장 이리현 **정보개발팀** 박종수 이수정 김민혜 강문형 김설아
표지디자인 표고프레스 **본문디자인** 푸른나무디자인 **교정교열** 이보라
출판마케팅팀 남정한 나은경 한경화 최명열 권채영
영업팀 변유경 한충희 장철용 강경남 황성진 김도연
제작팀 이영민 권경민
해외기획팀 최연순 소은선 홍희정

출판등록 2000년 5월 6일 제406-2003-061호
주소 (10881) 경기도 파주시 회동길 201(문발동)
대표전화 031-955-2100 **팩스** 031-955-2151 **이메일** book21@book21.co.kr

ⓒ 어니스트 헤밍웨이, 2025
ISBN 979-11-7357-089-6 03860
KI신서 13379

(주)북이십일 경계를 허무는 콘텐츠 리더

21세기북스 채널에서 도서 정보와 다양한 영상자료, 이벤트를 만나세요!

페이스북 facebook.com/21cbooks **포스트** post.naver.com/21c_editors
인스타그램 instagram.com/jiinpill21 **홈페이지** www.book21.com
유튜브 youtube.com/book21pub

아르테는 (주)북이십일의 문학브랜드입니다.

함께 읽으면 좋을 아르테 세계문학 시리즈

클래식 라이브러리
또 다른 세계로 가는 문학의 다리